suncolor

厭世國文老師──著

戰鬥吧！成語

歡迎登入厭世國文伺服器

suncolor
三采文化

壹、防護系

貳、治癒系

參、攻擊系

肆、詛咒系

伍、操控系

作者序

當你相信，就有力量。

成語，是一句咒語。從遙遠的過去，不斷承繼、發展，以及變化到現在，人們跟隨著這些符號，飛馳在時間的長廊裡，而每一次的誦讀與書寫，都隱含著古老的聲音與記憶。

但是，這些聲音與記憶太久遠，逐漸無法在日常的生活展現原有的神祕力量，成語不再是一句咒語，而是沒有意義的符號堆砌，有四字的、三字的，以及超過五字的，向上疊加成虛無的高塔，無法穩當地站在塔頂，望向更遠的地方。

國民中小學，甚至是高級中學，彷彿小說《哈利波特》中的魔法學校「霍格華茲」，但不一樣的是，我們反覆教授著逐漸失傳的初階咒語（高階咒語早已無人想使用），試圖召喚的也不是天使或魔鬼，而是依附在文字的靈魂——成語意義。

「學以致用」向來是教育工作者崇高的理想，課堂的一切是為了現在與未來預先準備，不能夠實際應用的知識與技能，注定被拋棄在歷史的塵埃之中。所以，從課堂召喚出成語意義後，仍必須發動在閱讀、寫作、溝通，還有表達上，才能將意義變成真實、抽象化作具體，最終成為屬於自己的力量。

「你渴望力量嗎？」

「如果渴望，打開這本書吧！」

我將成語以咒語的模樣轉化在各位面前，《戰鬥吧！成語》像是一本寫滿咒語的神祕魔法書，也更像是電玩遊戲裡常見的卡牌戰鬥系統。書中，收錄了五十五則成語，附上類似說明書的欄位，表示可以發動的時機、施展的目標，以及會產生什麼效果，最後還有使用的警示。目的是想藉由這種模式，介紹書中成語的使用原則，並且指出這則成語容易誤讀、誤寫、誤解的部分。

值得一提的是，「施展效果」刻意用××數值上升／下降的方式呈現，這是提取成語釋義的關鍵字，期待以此對讀者產生更深刻的鏈結。

為了豐富成語數量，在每則成語下會有兩種進階技能：相生▶▶與相剋▶◀。這分別是近義成語和反義成語，只不過採用電玩遊戲常見的術語罷了。

此外，厭世程度、錯誤頻率、語義變化、出現機率、應用範圍，上述五點組成

的雷達圖，大多是個人主觀經驗判斷與理解，數值絕對沒有經過精細的量化統計。我想強調的是，若此則成語從文字無法準確知曉意義的時候，當然也會有較高的錯誤機率；在生活裡出現的機會增加，那麼應用範圍自然變得較為廣泛，以上說法亦可延伸到學習之中，作為閱讀與文意理解測驗的事先準備。換句話說，除厭世程度一項之外，其他四點彼此之間都有些許聯繫，也都能實際在生活與考試中發揮功能。

身為厭世的國文老師，文字間暗藏一些厭世的線索，應該是可以被大家理解的特殊趣味。所以，不僅有成語釋義，我還多加上「厭釋義」，一方面取「厭世義」的諧音，另一方面則是想以生活化的幽默解釋成語，試著更接近現今的人們一點。

至於本書成語的收錄原則，係參考教育部《成語典》中的主條成語，在教育部認為最實用且具指標功能的成語中，挑選出難懂、易錯、常用，或是故事性強的內容，並且援引《成語典》的釋義、典源，以及近義成語和反義成語的部分，確保相關知識的正確性。

小時候，《吳姐姐講歷史故事》是陪伴我童年成長的重要讀物，以親切、有趣的方式，提供許多關於歷史的文化知識，以文字照亮過往時間的渾沌與黑暗，開啟認識世界的不同視野。現在，我也想成為說故事的人，以另外一種不同的形式，創造出與現實世界連結的成語故事。

無論你是正經歷國民教育洗禮的孩子；或是認真學習但對國文考試感到煩惱的學生；抑或是早已忘記那些匆匆讀完的成語的大人，《戰鬥吧！成語》出現的一扇扇「故事傳送門」，會將各位傳送到熟悉又陌生的成語故事裡，試著在其中把「過去」當成「未來」的資源，轉化為屬於自己的武器，迎接越來越艱困的人生挑戰。

「故事傳送門」後，會有「厭世ＮＰＣ」的一句話，ＮＰＣ是電玩遊戲術語，意指Non-Player Character，非由玩家控制的角色。根據遊戲劇本的內容，ＮＰＣ會有不同的作用，而在這裡的功能是：希望以幽微的語言指引方向、暗示答案，在成語故事之後，再多那麼一點思考的空間，觸發屬於自己的人生故事。

成語，是一句咒語，但必須先相信，才有力量。

戰鬥吧！人生。

壹、防護系

東施效顰
邯鄲學步

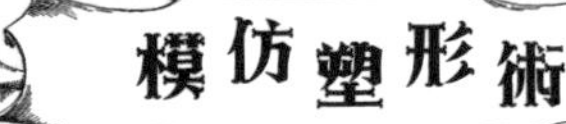

故步自封
守株待兔

堅守等待術

退避三舍
不置可否
按部就班

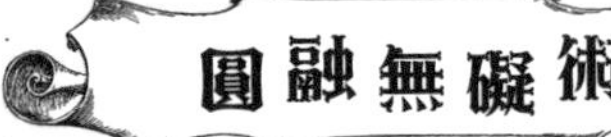

毛遂自薦
三寸不爛之舌
敝帚自珍
自出機杼

自信強化術

莊周《莊子・天運》
東施效顰
防護系
釋義　比喻盲目胡亂地模仿他人，結果卻適得其反。
厭釋義　網拍模特兒穿起來很好看，我應該也是。
觸發時機：不能好好認識自己，卻總是要羨慕別人。
施展對象：學人精、模仿貓
施展效果：迷惑 +10%
自信 -20%
技能警示：東施效貧
進階技能：▶▶ 生搬硬套、邯鄲學步
厭世程度
錯誤頻率
語義變化
出現機率
應用範圍

美醜不是問題，問題是總是想要成為別人。

擅長說寓言故事的莊子，時常以至聖先師孔子作為主角，表達自己想要傳遞的道理，大概是名人比較能夠吸引大眾的眼球吧！

這一則故事裡，孔子算是躺著也中槍的受害者，沒有任何可以解釋的機會，只不過是計畫前往衛國一趟，就遭受到嚴厲地批評。

事情經過是這樣的，顏淵擔心老師孔子沒有做好旅遊風險管理，於是請教魯國太師金：

「老師的旅行會不會順利？」

不知道顏淵的擔憂如何而來，可能是莊子版本的故事裡，孔子平常總愛做一些愚蠢與錯誤的決定，這次大概也是如此。

似乎無所不知的師金如此回答：

「一定很慘。」

顏淵聽到孔子會遇到災厄，也不管對方並非星座大師或是命理專家，還是感到十

分焦慮，繼續追問：

「為什麼？」

師金開始一大段說明，分別以「祭祀道具」、「交通工具」、「取水設備」、「水果味道」、「猴子穿衣」以及「醜女模仿」六種譬喻，進行分析與解說，目的都是在批評孔子那近乎固執的無謂堅持，他應該要跟隨外在環境的差異，採取不同的標準與行動。

其中「醜女模仿」的譬喻即是「東施效顰」成語出處。

相傳美女西施天生有心臟的疾病，可能常會感到胸口有壓迫感，跟我晚上睡覺的時候，六公斤重的貓咪趴睡在我的胸口感覺差不多。

但是，西施的美貌是足以毀滅整個國家的等級，當她輕輕以雙手撫摸絞痛的心臟部位時，會微微皺起眉頭，那個模樣十分令人疼惜，就好像網美在社群媒體發文心情不好、身體不舒服，常出現以下留言：

「我照顧妳。」

「好好愛自己。」

「要不要陪妳看醫生？」

「看訊息。」

西施如果有機會發文，大概也是留言破千、私訊爆炸的狀況，一群男人前仆後繼要送上愛、關懷，以及祝福。

同鄉有一位女子，在莊子的寓言故事裡沒有特別提到她的名字，只有強調她的外表極醜，後來才稱其為東施，大概是與西施相對而言，如同她們的長相也是處在兩個極端——各處東西之遙。

《莊子．天運》如此描述：

「其里之醜人見而美之，歸亦捧心而矉其里。」

東施見到西施撫胸、皺眉的動作，竟然能吸引到眾人的目光，自己也想嘗試模仿，或許下一代的正妹、女神就是自己，一樣做出撫胸、皺眉的姿態，期待愛、關懷、以及祝福如雪片般飛來。

結果，大家卻做出東施意料之外的反應：

「有鬼啊！」

「快把門關起來。」

「不要看，你會怕。」

紛紛逃離現場，似乎看到妖魔鬼怪肆虐人間，不怕逃跑，只怕逃不快。

這段完全不是我刻意誇張化和戲劇化，在《莊子》原文裡的確如此敘述東施模仿

西施後的結果：

「其里之富人見之，堅閉門而不出；貧人見之，挈妻子而去之走。」

好吧！「有鬼啊」是我多加上去的，但意思應該和莊子想要表達的差不多，都是在說明東施造成的影響——人人避之唯恐不及。

於此，師金為這個故事做出一個結論：

「如果不知道別人的好在哪裡，模仿反而會讓自己變得更不好。」

彷彿是在告訴顏淵，孔子只想複製不可能的美好夢想，卻不知道美好夢想只能存在夢中。

師金不停搖頭：

「一定很慘。」

厭世NPC

只有笨蛋才會討厭自己

莊周《莊子·秋水》

邯鄲學步

防護系

釋義　比喻模仿不成，反而失去自我。

厭釋義　理想與現實的差距

觸發時機：失敗的模仿

施展對象：在別人身上找自己的人

施展效果：愚蠢 +10%
迷失 +10% 自信 -20%

技能警示：寒 單 學步

進階技能：▶▶ 生搬硬套、東施效顰

學習能做到的，便是重塑與強化過往的經驗，讓人更了解已知的事物，以及逐漸理解未知的一切。

模仿卻不是如此，即使與學習貌似相同，最終都可能獲得好處與成效，但模仿更像是想在空氣裡插上一朵花，沒有可以依靠憑藉的地方，終究是要墜落地面。

在《莊子．秋水》裡，提到公孫龍的一則疑問：

「為什麼我不知道如何說話了？」

公孫龍是一個靠嘴巴吃飯的男人，擅長言談與論辯，可以把黑的說成白的，把錯誤的說成正確的，大概跟電視上的名嘴差不多，只要嘴唇在動，代表世界上又出現一句真假難辨的句子。

總之，不能說話對公孫龍是一記重傷害，他歸結原因是：

「抱歉，我是不是讀太多莊子了。」

本來以為是生理問題，結果卻是心理障礙。他檢討起自己的論辯技巧與知識學問，是不是有哪個部分比不上莊子，懷疑這些可能是導致無法說話的原因。但不管怎

麼樣，莊子的書一定有詭異之處，否則自己怎麼讀著讀著，沒變得更聰明也就算了，智商反而像是坐溜滑梯一樣，迅速地往下滑落。

公孫龍有一位好朋友魏牟，同樣擅長演說與議論，他們若是穿越到現在的社會，或許會成為收視率最高的政論節目主持人。不過，魏牟曾被荀子批評是在用言語欺騙愚昧民眾，宣揚錯誤的理念與思想。

此時魏牟聽完公孫龍的焦慮，先是靠著桌子嘆了一口氣，再仰天大笑說：

「不要擔心啦！你只是笨而已。」

嘆息是同情，大笑是釋懷，願意接受自己的無知是勇敢，魏牟希望自己的朋友做一個勇敢的人。

面對莊子的學說，一般人無法跳脫出既定的思維框架，像是活在井裡的青蛙永遠無法得知大海的寬廣，反而覺得擁有最高級的快樂與享受。

之後，我們用「井底之蛙」比喻見識淺薄的人。

公孫龍的聰明才智不足以理解莊子汪洋宏肆的思想，再怎麼盡力也不過是停留在原點，絲毫沒有更靠近真正智慧的彼岸。

更像是蠻荒時代的原始人，他們可能知道用火、磨製石器，卻永遠無法理解什麼是無線網路、元宇宙，甚至還會因為發現不了解的事物而感到恐懼。

嘗試學習的人，認為透過努力可以解決問題，即使遇到難關，也能向外尋求協助或是使用工具克服，但魏牟否定這樣的做法：

「用管窺天，用錐指地。」

準確地說，是否定機械性地學習莊子思想，即使窮盡所有力氣，也不過掌握極為狹隘的部分，最終亦會被牽引回原始無知的開始。

在廣大無涯的知識宇宙裡，踏出去的每一步，都彷彿不曾前進。

成語「以管窺天」亦是出自於此，用來比喻見識片面而狹窄。

「笨，就別努力了。」

魏牟繼續擔心公孫龍的無知，「體貼地」為他說了一個成年人學走路的故事：

燕國壽陵這個地方，有一位年輕人到趙國邯鄲學走路，大概那裡的人走路姿勢、儀態十分優美，個個都像是國際時尚名模在伸展台上走路一樣。

可見即使日常生活的平凡舉動，還是會出現截然不同的優劣評價，所有熟悉的事物在時間、空間的差異裡，依舊有可能變得陌生。

陌生，往往產生距離的美感。

然而，這位來自壽陵的年輕人，沒有辦法跨越陌生與熟悉之間的鴻溝，那份來自異地的美感依舊遙不可及。

屬於邯鄲的行走姿勢，仍是屬於邯鄲；原本屬於壽陵的自己，全部遺忘在過去的時間裡。

最後，年輕人不僅沒有獲得優美的儀態，還失去本來行走的能力，勉強以手和腳著地向前爬行，帶著難堪和尷尬的心情回到故鄉。

「快逃，莊子很可怕。」

魏牟說完故事，嚴肅地提醒公孫龍，萬一再繼續接觸莊子的學問，只是把自己放逐在陌生的疆域裡，失去自己原本計畫前進的方向，終究會導致寸步難行——像那個來自壽陵的年輕人一樣。

學習不能只有模仿，那不過是外顯的形似而非內蘊的本質。甚至努力學習之外，還殘酷地講求天份與資質。

面對嚴苛的責難，公孫龍似乎想說點什麼，但想想還是算了，向來擅長辯論的他，決定手刀衝刺離開現場。

承認自己的無能為力，也是一種智慧。

厭世NPC

想要成為別人，你會永遠失去自己；
但想要找到自己，你卻不能失去別人。

班固《漢書》
庾闡〈斷酒戒〉
故步自封
防護系
釋義 指安於現狀，不求進取。
厭釋義 下班後的我
觸發時機：不想努力了，停留在原地。
施展對象：躺平主義者
施展效果：軟爛 +10% 耍廢 +10%
積極 -20%
技能警示：固步自封
進階技能：▶▶ 一成不變、因循守舊、抱殘守缺
畫地自限、墨守成規
▶◀ 不主故常、日新月異
勇猛精進、推陳出新
厭世程度
錯誤頻率
語義變化
出現機率
應用範圍

學生時常把成語故步自封寫作「固」步自封，大概是封有密閉、緘合的意思，連帶形成錯誤的推論，認為選擇同樣具有禁閉意思的「固」字，比較符合成語的釋義。

然而，故步自封分別由兩個典故組成：

「故步」來自於東漢班固在《漢書》裡的自敘，提及他的父親班彪年紀尚小之時，曾跟著堂哥班嗣一起學習，由於家中環境富裕，還有皇上賜予各類書籍，形同是一間小型圖書館，很多有名望的文人都會到此拜訪，主要目的是要來借書。

畢竟，不是每一個人家中都有足夠的空間與金錢，容納與購買大量的書籍，若想獲取知識與資訊，班氏家族的小型圖書館會是解決的方案之一。

班彪和班嗣的讀書習慣不太一樣，雖然皆有學習儒家傳統經典，但班嗣心底多偏好老、莊的思想一點。曾經有人來到家裡借閱書籍，正巧是他最喜歡的《莊子》。

「不，你不能借。」

班嗣搖搖手指頭，拒絕這個請求，理由是因為莊子的思想太深奧難懂，一個已經被世俗枷鎖套上的平凡人，無法真正理解其中含意，更別提對方看起來是要拿《莊

子》炫耀自己有在讀書。如同現在的人去書店拍照打卡，書本是用來裝飾自己的身體，而不是充實大腦。

班嗣甚至擔心會像《莊子．秋水》提到的邯鄲學步一樣，艱難的知識會嚴重干擾本來建立的學習方式：

「又復失其故步，遂匍匐而歸耳！」

他援引莊子的話，想讓對方遠離莊子，不知道是太愛對方，還是太愛莊子，抑或是根本捨不得借出這一本書？

「自封」則是來自一篇戒酒的文章，東晉庾闡個性有點古怪，不洗澡、不結婚、不吃酒肉，也不做官，自他母親死後有二十年的時間皆是如此，目的是遠離一切能感到愉悅的享受，或許也是對於政治社會的無聲反抗。

關於酒，庾闡認為會戕害身心健康，於是打破家裡所有的酒器，以示自己不再飲酒的決心，但他有一個號稱「酒精暴徒」朋友說：

「子獨區區，撿情自封。」

認為大家喝酒都沒事，就你喝酒有事，問題癥結在你而不在酒，自己刻意的限制，無法抑止內心的欲望，更別提打破那些無辜的酒器，根本不是打從心底想要戒酒。

但庾闡不同意朋友的看法，畢竟人一出生是單純童真的狀態，之後接觸外物才產

生各種欲望，若是能遠離外物，等於遠離欲望。

某種意義上，這是阻斷個人與世界之間的連結，重新省視內部的狀態，保持自我的覺察，便不需要倚靠外部環境的輸入，才能獲得滿足與快樂。

不能自律，那就降低干擾；無法戒除，那就排除誘惑。

厭世NPC

相信我，
躺在地上只會讓自己被勤勞的車輪輾過。

韓非〈五蠹〉

守株待兔

防護系

觸發時機：等待天上會掉下來的精美小禮物

施展對象：白日夢患者

施展效果：幻想 +20% 懶惰 +20%

技能警示：亦有拘泥守成和不勞而獲的意思

進階技能：▶▶ 刻舟求劍、食古不化、墨守成規
膠柱鼓瑟、不勞而獲
▶◀ 見風使舵、見機行事、
通權達變、隨機應變

厭世程度
錯誤頻率
語義變化
出現機率
應用範圍

訂立制度必須跟時間激烈賽跑，除了指迅速建立可供遵循的合宜規範外，還有根據時代差異來調整政策的內容，也就是強調秩序的時效性與變化性。在時間的追趕之下，制度也不得不一起奔馳，但人們往往處在被動的狀態，在時間與制度已經瀕臨極限的時候，才願意邁出第一步。

戰國時，韓非試圖在〈五蠹〉一文裡解釋時間與制度的關係，根據古籍、傳說，以及豐富的想像，他開始描繪原始社會中的領袖菁英，如何以智慧解決現實的困境，並且不斷傳承與改良應對的策略，若只是重複過往的經驗，再一次用同樣的方法處理問題，那肯定會被前人嘲笑：

「LAG了。」

「你那裡還來得及，叫恐龍趕快跑。」

「孩子的學習不能等。」

彷彿已發展出電燈照明的科技，卻堅持鑽木取火；明明有光纖高速瀏覽網路，仍使用數據機撥接上網。

韓非認為當代的問題，不能根據前人的經驗回答，前人的經驗沒有辦法準確預測當代的問題。古書裡的智慧與知識，是一把過於陳舊的鑰匙，即使它曾經開啟很多道大門，卻未必同樣能插入更新、更複雜的門鎖，再一次獲得同樣的成功結局。

這樣的道理，延伸到政治與社會的層面上，那便是不能夠以過去的制度治理現在的人民，為了讓大家理解，韓非還說了一個故事：

「宋人有耕田者，田中有株，兔走，觸株折頸而死，因釋其耒而守株，冀復得兔，兔不可復得，而身為宋國笑。」

簡單來說，這是一場兔子自撞田間樹幹而死的偶發意外，卻被旁邊農夫視為會無限循環的事件，每天期待同樣的狀況繼續發生，於是成為當時人們的笑話。

「滾動式修正！」

如果韓非活在現代的社會，大概也會說出這一句話，認為要因應狀況而做出調整，保持相當程度的彈性與變化，過程裡所有的修正與更動，皆是為了完成更加周延的規畫。

事實上，在韓非子身處的時代裡，亦有不少與他類似的看法，例如《呂氏春秋》提到「刻舟求劍」一事，愚蠢的人妄想在移動的船隻上，憑著一道刻在船緣的記號，找尋那時失落入水的寶劍，沒注意到自己已經不是處在同樣的時間與空間裡，更別提

寶劍沒有跟著船隻移動。

據此，《呂氏春秋》強調過去的經驗無法完全類推到現在的生活，如同有人認為嬰兒的父親擅長游泳，那麼嬰兒一定繼承良好的游泳基因，然後馬上把嬰兒丟進水裡，期待他施展自由式或蛙式等游泳動作，但經驗法則告訴我們這是錯誤的推論，嬰兒第一句話叫的不是爸爸，而是咕嚕咕嚕。

準確點來說，事物與事物之間彼此有所關聯，卻又彼此獨立，並不是像電腦文書應用程式那樣，可以不斷複製、貼上，無限延續相同的內容。

稍後的《文子》一書也以「膠柱調瑟」說明類似的道裡，用膠水黏住絃按壓的位置，是不可能彈奏出好聽的音樂，如同在某個時間點的法律制度，不可能適用於之後每一個朝代與國家，後來演變出成語——「膠柱鼓瑟」，意指做事拘泥而不知變通。

滾動式修正，早在兩千多年前就已經開始滾動，滾動到現在竟成為「走一步算一步」的敷衍之詞。

厭世NPC

天底下沒有白吃的午餐，
凡是強吞進嘴裡的，終究是要吐回去的，
在你不知道的時候。

左丘明《左傳》

退避三舍

防護系

觸發時機：發生衝突，但想避免衝突。

施展對象：可怕的人、事、物

施展效果：後退 +20%

攻擊慾望 -100%

技能警示：退 壁 三舍

進階技能：▶◀ 周旋到底、當仁不讓

厭世程度　錯誤頻率　語義變化　出現機率　應用範圍

逃避雖然可恥，但也能夠成為報恩的一種方式。

尚未成為晉文公之前的重耳，離開居住十二年的狄，先是流浪到衛國，衛文公完全不在乎這位一無所有的男人來訪，大概是一邊挖鼻孔、一邊露出鄙夷的神情：

「走開！廢物。」

重耳不僅沒有在上層社會獲得禮貌與友善的對待，甚至到窮鄉僻壤也繼續被人瞧不起，當地居民以難聽的言語與態度進行嘲諷：

「吃土吧你。」

一群鄉下人拿起土塊給重耳當成午餐便當吃，傷害性不大，羞辱性極強。曾經身為王子之一的他，自然感到巨大的憤怒，準備拿起鞭子維護自己殘存不多的尊嚴，要鞭打眼前這群沒文化、沒禮貌的討厭鬼。

重耳的舅舅狐偃連忙阻止：

「天賜也。」

認為土塊是一份老天賜予的禮物，這預告即將重新取回屬於自己的土地。本來正

處於暴怒的重耳，態度出現一百八十度大轉變，先是虔誠恭敬地收下土塊，再開車載著它一起旅行。

之後抵達一開始的目的地：齊國。

跟在衛國的待遇不同，好心的齊桓公替重耳再找了位妻子，還送了八十幾匹馬，等於從流浪的遊民變成擁有家庭和跑車的社會人士，這讓重耳心裡生出一個念頭：

「我不想再努力了。」

後來還是靠著旁人的半哄半騙，才促使他繼續追尋更遠大的目標——成為國君。

但運氣不斷下滑的重耳，離開齊國之後，先是在曹國被曹共公偷看洗澡，只因為聽說他擁有連成一片的肋骨。接著雖得到宋襄公贈送的眾多馬匹，也沒有太大幫助，依舊是一個無家可歸的遊民，只比難民好上一點。更別提鄭文公也跟衛文公同個模樣：一邊挖鼻孔、一邊露出鄙夷的神情。

不過，楚國的楚成王展現異常的熱情，舉辦一場盛大的派對招待重耳一行人。派對上，似乎有點喝醉的楚成王，向重耳提出一個不太得體的問題：

「你將來要怎麼報答我？」

人家還沒回到自己國家，也尚未取得權力，甚至楚成王不過請客吃飯而已，竟然已經開始索討好處。

屢遭挫敗的重耳自覺沒什麼可以回饋：

「你什麼都有，我什麼都沒有。」

兩人的身分地位相差懸殊，如同想買生日禮物給有錢人一樣，根本很難做出適當的決定。

但楚成王依舊不放棄地追問，才讓重耳說出這段話：

「若以君之靈，得反晉國，晉楚治兵，遇於中原，其辟君三舍。」

假如未來能夠站上晉國權力的巔峰，而晉、楚兩國之間發生戰事，重耳會先把軍隊往後移三舍，也就是九十里，以此回報今日蒙受的祝福與恩情。

這種看似退縮的行為，卻是重耳最真實的承諾。

厭世NPC

逃避是另外一個方向的前進。

汪藻〈尚書禮部侍郎致仕贈大中大夫衛公墓誌銘〉

防護系

不置可否

厭釋義 已讀不回

釋義 形容不表示任何意見

觸發時機：不知道該說什麼才好

施展對象：難相處的長官與同事

施展效果：沉默 +10%
轉移焦點 +20%

技能警示：不致可否

進階技能：▶▶ 不置一詞、含糊其詞
模稜兩可

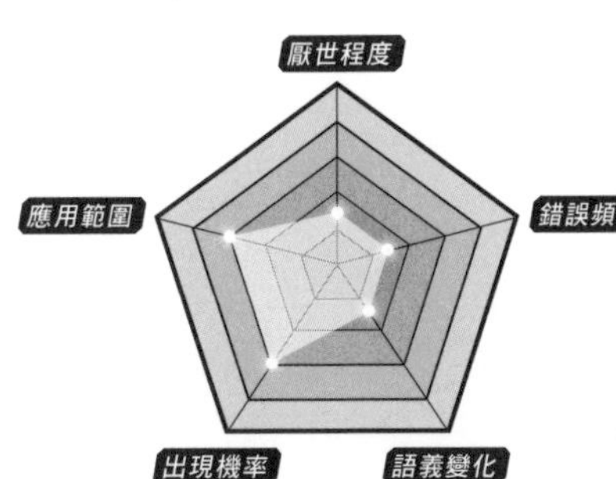

在死亡之前，自己可以不斷地改變為善或為惡的方向；死亡之後，究竟是否抵達善或惡的終點，則必須藉由旁人的觀察與評論做出判決。

衛膚敏已經來到生命的盡頭，回顧他的政治生涯，曾代表宋徽宗出使金朝兩次，皆與對方發生摩擦與糾紛，看起來完全不像一位稱職的外交人員。

第一次是為了禮物，衛膚敏本來是計畫送生日禮物給金太宗，按道理也不用唱什麼生日快樂歌，或是在一旁要對方許三個願望，一副自己是神燈精靈的樣子，只要單純獻上真摯的祝福，藉以維繫彼此關係。然而，衛膚敏不知道哪根筋接錯了，開始計較誰先送禮物這件事：

「還沒收到禮物，不能先給禮物。」

像個爭執誰比較愛對方的情侶，他堅持要等到金朝先祝賀宋徽宗生日，否則只能把禮物放在邊境，最後還真的因為等不到祝賀，留下禮物拍拍屁股就走。

第二次是為了禮儀，此時宋與金的關係日漸惡化，即使聽聞金朝軍隊已經準備發動攻勢，衛膚敏依舊堅持完成出使的外交任務，不僅非得拿到附有金國國印的文件，

還拒絕以雙膝跪地的方式接受這份文件：

「你們的規矩，不是我的規矩。」

經過一陣討價還價之後，彼此各退一步，雙膝不可以，那麼單膝總該可以了。

老電影台詞「投降輸一半」，在這裡則是「輸一半不算投降」。

大概有了這兩次的經驗，金人覺得衛膚敏很難搞，想個理由把他羈留半年的時間，以此做為報復的手段。

不知道這樣是否算成功的外交，至少衛膚敏為了維護信念與尊嚴，結果不是讓對方難堪，便是造成自己困擾。

然而，在那個充滿欲望與爭奪的時代，誰先願意出賣靈魂，誰就可以換取更有價值的東西，衛膚敏至死也保有高貴純淨的靈魂，與那些墮落的人們劃清界線。

之後，文人汪藻寫了一篇墓誌銘，為衛膚敏走過的人生觀與價值觀，用力留下一個鮮明的註腳。

在這篇墓誌銘裡，提到衛膚敏曾上疏議論時政：

「惟恐失人主之意，故於政事無所可否，馴致前日之禍，自今當以為戒。」

他分析國家的混亂與衰敗，來自於高級政府官員的怯懦無能，只看重權力而不顧全時局，無論是或不是、好或不好、可以或不可以，都不願意做出清楚的指示。

其中一句「無所可否」，即是成語「不置可否」。失去定位功能的羅盤，水手無法找到正確的方向，船隻終究會迷失在大海裡；放棄決定功能的長官，職員承擔不屬於自己的風險，公司注定迎接必然出現的失敗。

黑是黑，白是白，在衛膚敏的人生哲學裡，沒有灰色。

厭世NPC

由於想說的事情太多，今天我決定有話不說。

陸機〈文賦〉

按部就班

防護系

釋義　比喻做事依照一定的的層次、步驟進行。

厭釋義　標準作業程序流程

觸發時機：穩定處理事情

施展對象：潛在的完美主義者

施展效果：安心 +10%

可靠 +10%　慌張 -20%

技能警示：按（步）就班

進階技能：▶▶ 循序漸進

▶◀ 越次超倫

這位是陸機，如果你還沒有聽過這個名字，現在說給你知道。你可以很輕易地在遠方聽見陸機洪鐘般的聲音，卻很難覺得有壓迫感，這是因為他的舉動合乎禮儀，感覺起來是個受過良好教育的親切大叔。

不過，陸機驕傲的神情常越過禮儀的界線，讓人隱約感到不太舒服，尤其進到洛陽之後，那自以為是江南名族的想法，眼睛裡從沒放進過任何人，唯一重視的只有間接造成左思〈三都賦〉洛陽紙貴的張華。

對陸機而言，張華是如同師長的存在，左思則是鄉下來的廢物，在〈三都賦〉尚未完成時，他對這篇文章做了一次錯誤的預估：

「我要拿來墊便當。」

陸機不相信左思有能力創作好的作品，認為自己才有書寫洛陽這座城市的資格，但等到〈三都賦〉出現，立刻放棄過去想要提筆的念頭，認為無法超越這篇超級神作。

身為閱讀者，陸機是有眼光的，能誠實地分辨作品的好壞；身為寫作者，他則是備感焦慮，擔心無法以文字表達情感與思想。

於是，陸機在〈文賦〉裡，提出一個關於文學價值的核心問題：創作到底是什麼？接著闡述自己的解釋，試圖描繪那以方塊字組成的世界。

現在的高中學生在學校裡，若是發現非寫作文不可時，動筆寫字就成了肉體的折磨，動腦思考則成了精神折磨，心中反覆吶喊著：

「我是誰？我在哪裡？我要做什麼？」

學生每次不寫作文，都讓身為國文老師的我，感覺好像做錯了什麼事，彷彿自己是邪惡的魔法師，使用時間魔法限制與懲罰他們的大腦與身體。

這種被以為限制與懲罰的想法，或許是學生寫作文章混亂的源頭，他們誤以為「看起來有在想」就好，或是只要能夠表達意思，並不需要華麗的修辭，但真正問題不在什麼華麗的修辭，而是他們連基本字詞都有使用上的困難。

如果陸機是國文老師，大概會製作一本名為《搶救作文大作戰》的講義，幫助學生重新學習作文，避免未來學測作文拿不到任何分數。雖然他認為創作需要天分，普通人好好當個普通人，不要妄想自己是天才，但學測作文其實也不需要天才，完整、清楚地表達想法就可以了。

關於創作，在文字尚未開展時，陸機〈文賦〉教大家要放縱自己的思緒，飛奔在記憶的海洋上，再深潛進無窮的想像深淵，蒐集需要的寫作材料，試圖堆疊出文章的

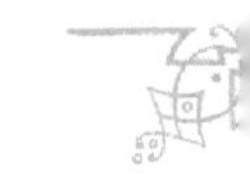

基本模型。

接著，為了將已經建造好的內在邏輯，進一步顯現在外部環境，那必須選擇符合意義的字詞，並且放置在正確的位置：

「選義按部，考辭就班。」

若是以裝修住宅做為比喻，那麼「選義」就是擘劃藍圖，設計空間格局、家具位置、門窗牆垣；接著「考辭」則是依據品味與喜好，挑選材料、花樣、大小、外型，以及風格等。

絕對不能忘記自己正在進行一項具備基本邏輯的工作，房間是要給人居住的，文章則是要給人閱讀的，若是將臥室擺滿刀叉碗盤，在廁所裝設沙發與瓦斯爐，除了愚蠢之外，還會令人覺得突兀。

最辛苦的是：你以為這樣能寫好作文？這只是剛開始而已。

厭世NPC

在秩序的世界裡，比較容易找到令自己安心的位置。

司馬遷《史記》

毛遂自薦

防護系

釋義　比喻自告奮勇，自我推薦。

厭釋義　大學申請入學
公司面試

觸發時機：主動參與活動

施展對象：相信自己的勇者

施展效果：自信 +20%
人緣 +10%

技能警示：毛（逐）自薦

進階技能：▶▶ 自告奮勇
▶◀ 裹足不前

在挑選適合的人選前往求援的計畫中，連閱人無數的眼睛，也看不出毛遂這個男人到底對未來有什麼重要的影響。

戰國時期，趙國剛在長平之戰受到極大的損害，將近四十萬的精銳士兵遭到秦國殲滅，尚未有能力在短時間之內恢復元氣，國都邯鄲馬上又被秦軍包圍，一個不小心就會消失在戰國地圖上。

身為戰國四公子之一的平原君，在危險的情勢裡接受趙王命令，準備率領一群菁英，希望能透過外交活動，建立與楚國的合作關係，藉此強大力量化解困境。

趙國向楚國的求援動作，如同考試前沒唸書的同學，想要找班上的資優生借讀書筆記，但平時沒有良好互動與情感交流，實在很難想像能夠獲得理所當然的支持。

由於兩國關係時好時壞，平原君心中也沒有十足的把握，只得試著做好完全的準備，從自己的人才庫挑選二十位的菁英：

「使文能取勝，則善矣。文不能取勝，則歃血於華屋之下。」

歃血是古代結盟儀式，以牲畜的血抹在嘴唇，宣告彼此締結誓約，但這裡疑似作

「喋血」解釋較為合理。這是在表明若無法以會談的方式得到幫助，那麼必須改採強硬的手段，用流血的方式完成此行的目的。

簡單來說，想要成為同盟中的一員有兩種做法，分別是：談判與威脅，後者的施展與應用比前者要困難許多，更別提可能出現的風險，而若能順利以談判完成任務，當然是最理想的狀況。

據此，平原君挑選出十九位優秀的人選，以應付未來不可預料的各種情形，現在只差一位就可以順利出發。

這時有一位名叫毛遂的男人，以電影《哈利波特》中妙麗的舉手方式說：

「選我！選我！」

雖然一開始沒有被選進外交先發名單，但他看準尚有缺額的機會，主動爭取最後一人的席次。平原君有點不放心，謹慎地問：

「你在這裡幾年了？」

「三年。」

毛遂誠實回答問題，卻聽到平原君給予這樣的否定：

「譬若錐之處囊中，其末立見。」

真正有才能的人，像是一把尖銳的錐子，將其放在布袋裡，很快就會被眾人發

現，過去的毛遂無人知曉、無人發現，那麼可以證明他並不是那一把尖銳的錐子，更不會是自己需要的人才。翻譯成白話一點是：

「先生，你哪位？」

聽到「錐處囊中」的譬喻，毛遂自然是不甘心、不放手，硬是要跟大家走：

「使遂蚤得處囊中，乃穎脫而出。」

穎是指物體的尖銳處，他認為不是自己不夠優秀，而是尚未有表現能力的工作場域，尖銳的錐子想要露出鋒芒，總還是得先放在布袋裡。成語「脫穎而出」亦出自此，用來比喻顯露才能，超越眾人。這一次楚國的外交之行，正好給自己一個進入袋子的機會，毛遂的才能宛如一把銳利無比的錐子，不僅是從布袋裡露出尖端，更將要完全地刺穿眾人一層又一層厚重的疑惑。

不過，還要等一段時間，平原君才會明白自己小看了眼前的男人，但此時的毛遂正被其他十九位同行者，以一種發現小丑般的眼神望去。

厭世NPC

你可以隨時證明自己強壯、聰明，以及優秀，但證明善良需要一輩子的時間。

司馬遷《史記》

三寸不爛之舌

防護系

🐾🐾🐾🐾

釋義　形容人口才極佳，能言善道。

厭釋義　電視台名嘴

觸發時機：講話講不停

施展對象：全場話最多的人

施展效果：說服 +1000%

技能警示：三(吋)不爛之舌

進階技能：▶▶ 口若懸河、舌燦蓮花、能言善道、喙長三尺

▶◀ 笨口拙舌

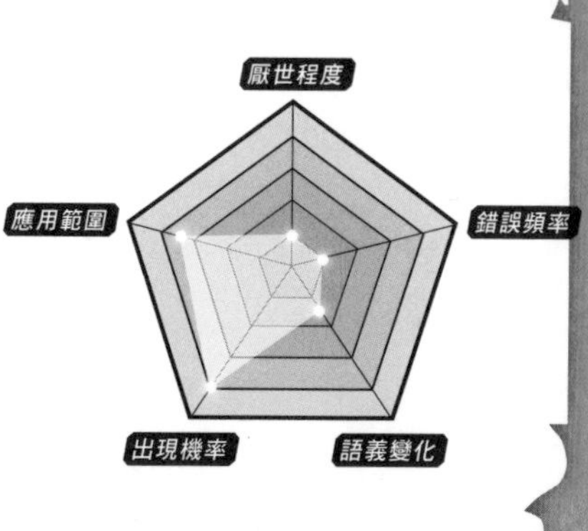

厭世程度

錯誤頻率

語義變化

出現機率

應用範圍

任何人想要在一次時間有限的旅程裡，向他人展現「思辨」和「言語」的力量，都是自找麻煩，但剛抵達楚國的毛遂卻在這段時間裡，說服那些原本不認同他的十九位菁英。

平原君率領包含毛遂等二十人到楚國，目的為完成「合縱」一事，意思是要聯合楚、趙二國的力量，共同抵禦秦國的侵略。

然而，身為一國之君的楚考烈王瞬間變成「考慮王」，這種出錢、出力，卻又無法馬上見到回饋的事情，實在不太願意承擔，有點像在故意拖延時間，好讓對方知難而退。但想不到平原君的精力旺盛，竟然可以從清晨講到中午，但依舊無法取得「考慮王」的任何承諾。

底下十九位菁英開始慫恿起鬨：

「就決定是你了，毛遂。」

這場景似曾相識，彷彿課堂的分組報告，不願意上台解說的組員，彼此用力推擠出一位比較敢說話的同學，其餘的人則做一些瑣碎、無用的事情，只要看起來像是有

努力過的模樣就好，例如：播放投影片、假裝聽報告，或是複製網路資料交差了事。

不過，當初自願參加的毛遂，這時候不負眾望地按住劍柄靠近平原君的位置說：

「簡單的事，幹嘛浪費時間？」

這個舉動被楚考烈王視為挑釁，一個不知道哪裡來的低階辦事員，竟敢打斷外交談判會議的進行，又不是上演什麼黑社會電影，動不動就有手下會出來鬼吼叫囂，一臉你今天不當兄弟，明天準備公祭的樣子。

這時，毛遂的確像是黑道圍事上身，轉往楚考烈王走去，一手繼續按住劍柄，完全融入這兇惡的角色，惡狠狠地說：

「你信不信我幹掉你？」

今天楚考烈王有資格耍威風，那是倚仗國家的強大，但現在毛遂認為自己隨時可以拔劍殺死對方，再強大的國家也無法來得及拯救。

接著，毛遂從黑道圍事改扮演歷史老師，替楚考烈王上起一堂歷史課，開始從商湯、周文王講起，認為他們之所以能成為一方之王，不是憑著義氣、夠狠、兄弟多，而是看準情勢做出應對策略。換作現在的狀況，楚國已經擁有廣大的土地和英勇的戰士，剩下就是把握機會成為天下的霸主。

「成功沒有奇蹟，只有時機；成功除了條件，還有信念。」

毛遂一副歷史老師兼職直銷的模樣，繼續複習楚國歷史，指出當年鄢郢之戰，秦國的白起攻陷楚國國都、燒毀先王陵墓，而這種「百世之怨」的恥辱，楚考烈王怎麼沒有覺得丟臉？毛遂沒有說出口的是：

「你忘記曾到秦國做人質了嗎？」

試圖勾起楚考烈王的舊恨，趙國看起來是尋求協助，但真正獲得好處的是楚國，能夠有機會打倒從前的恥辱，為自己的祖先們奪回光榮。

「給自己一個機會吧！」

毛遂的直銷魂上身，用真摯的眼神望著對方，錯過可惜，要戰要快，趙國的幫忙可是不等人考慮的。

誰說學歷史沒用？沒用的往往是人。毛遂做出良好的「歷史教學」示範，楚考烈王「被同意」合縱的約定，畢竟毛遂手上還有劍（？）像是以前網路上的老笑話：為什麼華盛頓砍倒櫻桃樹，他爸爸願意原諒他？不是因為華盛頓誠實，而是他手上還有斧頭。

同理，毛遂一邊拿劍，一邊進行確認，接著端出盛有雞、狗、馬之血的銅盤，彼此歃血為盟。

這一刻，或許是毛遂人生最輝煌的瞬間，左手拿著銅盤，右手招呼那十九位所謂

的菁英說：

「廢物，靠自己成功很難嗎？」

這也是「因人成事」成語的出處，意思是本身沒有能力，需要別人的力量才能完成事情。如果這時看向平原君的臉，他應該正高興合縱的成功，絲毫不介意光芒被眼前男人占據，甚至在回到趙國後，給予毛遂以下評價：

「以三寸之舌，彊於百萬之師。」

厭世NPC

說服的本質不是為了求真，而是求勝。

劉珍《東觀漢記》

敝帚自珍

防護系

釋義　比喻東西雖不好，卻因為是自己所擁有，故非常珍視。

厭釋義　小被被

觸發時機：身邊存在一件有故事的物品

施展對象：想說故事的人

施展效果：懷舊 +10%

幸福 +20%

技能警示：蔽帚自珍

進階技能：▶▶ 敝屣自珍

▶◀ 視若草芥、棄如敝屣

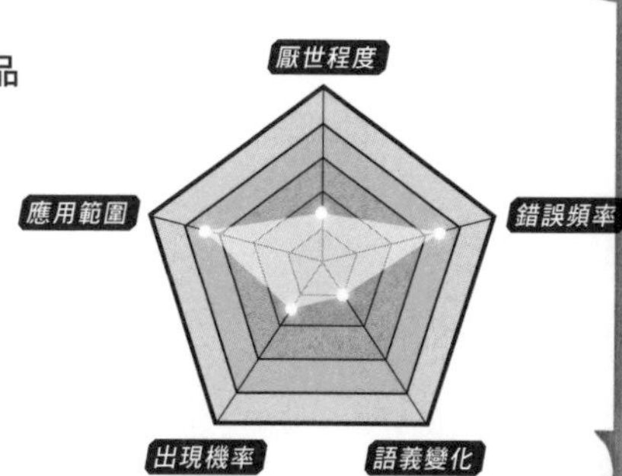

人在經過奮鬥過後，原有的保守與嚴謹會受到動搖，自身界定道德的能力也會鬆綁，最後遺忘那份初衷，成為另外一個陌生的自己。

東漢光武帝劉秀是一個堅定而溫柔的領導者，一方面指揮軍隊摧毀舊的王者所建築的虛無國度，另一方面重新開闢減緩衝突的渠道，讓民眾獲得喘息的空間。

建立國家的第六年，劉秀嚴格來說還不能算是完全平定天下，尚有公孫述、隗囂兩股勢力，分別割據四川與甘肅地區。

一般人會急著完成訂立的目標，尤其是發現自己距離成功已經不遠，想著要拚盡全力做最後衝刺，但劉秀沒有這麼做，反而說：

「取此兩子置度外。」

放過敵人，也是放過自己；習慣前進，也要習慣停止。成語「置之度外」亦出自於此，意思是不放在心上、不加理會的意思。

新的王者認為有必要檢視過去錯誤的制度，藉此恢復正常的生活作息，因為劉秀與王莽的國家必須是完全不同的世界。

如此又過了六年，劉秀派遣未來名列「雲台二十八將」之一的吳漢，率領軍隊征討身在四川的公孫述。吳漢個性忠厚，能夠確實完成上級交代的命令，即使失敗也不會感到氣惱，劉秀曾讚美他是：

「差強人意，隱若一敵國矣！」

此處差強人意，係指吳漢擁有激勵人心的能力，散發可以匹敵一國軍隊的沉著冷靜。這跟後來比喻雖然不夠好，但大體上還能讓人滿意的成語釋義完全不同。

擁有這樣的人格特質，吳漢能夠順利擊破公孫述軍隊不是什麼意外的結果，但他後來處置落敗一方的作法，卻令人匪夷所思、瞠目結舌。

當日公孫述戰死之後，吳漢不僅殺光與公孫述有關的親戚宗族，更「縱兵大掠，舉火燔燒」，讓自己的軍隊進城大肆搜刮與破壞，甚至放火燒毀眼前一切。

再次提醒，史書形容吳漢是敦厚、樸實、節儉，有點不太擅長說話，無論是工作和家庭，皆稱得上是值得信賴的好人，這時卻做出明顯與人格特質不符的決定，若是硬要為他找一個理由，最有可能是戰爭造成的負面影響，必須透過暴力解除身體與心理的壓力。

劉秀聽聞此事，特別下詔譴責此事：

「家有敝帚，享之千金。」

無論多麼破舊的掃把，也可能是別人珍惜的寶物；再怎麼衰弱的陌生生命，也不應該輕易的傷害。劉秀進一步質問：

「仰視天，俯視地，覲於放麑啜羹之義，二者孰仁矣？」

這裡使用兩則典故，一是春秋有位名叫秦西巴的奴隸，正準備要為主人烹調小鹿斑比大餐時，捨不得在後緊緊跟隨的母鹿難過，於是偷偷釋放那隻小鹿斑比；二是戰國魏將樂羊在攻打中山國時，被中山國的君王以更邪惡的手段報復，派了外送員帶來一份以樂羊之子做成的肉羹，即使他沒有點這份餐點，但還是吃了下肚。據此，劉秀要這些虐殺敵人的「夥伴」，摸著肉身底下的良心問一問自己：

「我還是不是個人？」

沒有懲罰，沒有詛咒，只是要大家切切實實、認認真真地思考，自己到底做了什麼可怕的事，重新選擇當回一個好人。

沒有遺忘初衷的劉秀，連憤怒也是這麼溫柔。

厭世NPC

快樂一點也不神祕，珍惜自己擁有的就好了。

魏收《魏書》

自出機杼

防護系

觸發時機：跟別人完全不一樣

施展對象：與眾不同的想法與做法

施展效果：庸俗 −10%

創新 +20%

技能警示：自出機（抒）

進階技能：▶▶ 匠心獨運、別出心裁、別具一格、別開生面、獨樹一幟

▶◀ 人云亦云、千篇一律、亦步亦趨、如法炮製、拾人牙慧、襲人故智

說到「偷讀書」，對於我們這些受過中華民國教育、經歷過考試制度洗禮的人來說，第一時間想到的例子是那些得到好成績卻總是說自己沒用功，宣稱考試結果只是運氣好而已的同學，他們的言語彷彿暗示了自己的天資優異，無關努力。

起初我也相信如此說法，直到後知後覺地意識到這不過是一種說詞。遲來的微妙違和感覺，反而更讓人印象深刻。

根據我的某位校排前三的高中同學表示：

「我一回家就睡覺了。」

後面應該還有一段話要放在括號內（晚點再起床狂唸到出門前）。

原來，那些明明是認真讀書的行動，因為被當事人否認、掩藏，以及刻意忽略，成為了國民教育階段中對偷讀書的一種詮釋。

也有另一種「偷讀書」，是因為讀喜歡的小說而徹夜未眠，明明隔天早上不到六點就要準備起床上學，很多人依舊會半夜躲在棉被裡，偷偷用手電筒的光亮，享受閱讀帶來的愉悅。

然而，北朝的祖瑩從事的「偷讀書」和上述兩種情境有些相似，不同的是他偷讀書並非為了隱瞞努力的事實，半夜開手電筒偷讀的也不是小說，而是上課的課文。

這樣的不可思議行動：偷讀書，如果祖瑩生長在現代的家庭，家長們通常會開心地接受自己孩子熬夜用功，將來考個第一名光宗耀祖、出人頭地，一定多準備兩罐雞精補充營養，完全不會出現什麼阻止的念頭。

祖瑩母親不一樣，她認為孩子白天已經讀得夠久了，一旦到了睡眠的時間，還是應該要充分休息。

不過，在讀書方面異常執著且叛逆的祖瑩，不願意浪費任何時間，即使晚上也是一樣，等到父母熟睡的時候，他會拿出預先藏好的火種，點燃房間的燈火，再用衣物塞住門窗縫隙，避免光亮透出被發現。

過度努力不知道有沒有為祖瑩帶來近視或任何眼科疾病，但一定會獲得眾人的讚美，以及自己智識的增長。

某次，祖瑩準備上《尚書》課的時候，因為前晚又熬夜讀書，眼花拿錯同學的《曲禮》課本。由於怕被嚴格的老師責罰，不敢舉手說要換回正確的課本，結果他還能憑藉記憶唸出正確的課文。

「帶什麼課本？我就是課本。」

祖瑩根本是一座人型圖書資料庫，隨時可以登入搜尋任何文字檔案。過去的紀錄方式，不像現在有科技輔助，能夠大量儲存資料，很多時候必須依靠人腦記憶，才方便搜尋與擷取自己想要的內容，但也不是每一個人都有辦法做到。

值得一提的是，努力與記憶力兼具的祖瑩，並不是那種一味死背強記的學生，反而認為應該要活用知識，提出自己的主張與想法，不能總是抄襲與沿用他人的說法，尤其在文學的領域裡，必須要展現不一樣的生命經驗：

「文章須自出機杼，成一家風骨。何能共人同生活也？」

每一個人皆是龐大複雜的材料倉庫，所有走過的路、看過的風景，完全濃縮在腦袋之中，寫作則像是使用織布機，重新編織腦袋裡的材料，因為沒有人的材料會相同，織造出來的成品也一定有差異，若是想複製別人的成品，就像是過著別人的生活，終究是粗製濫造、不知所云的盜版人生。

文章不怕爛，而是怕沒有自己的聲音，最後忘記如何好好說話。

厭世NPC

創意是經驗的副產品。

貳、治癒系

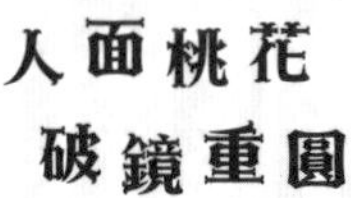

人面桃花

破鏡重圓

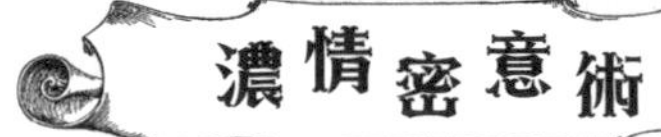

濃情密意術

一鼓作氣

破釜沉舟

投筆從戎

不入虎穴焉得虎子

激勵人心術

一鳴驚人

名列前茅

中流砥柱

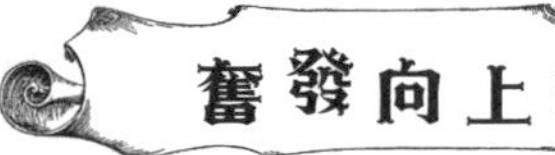

奮發向上術

韋編三絕

洛陽紙貴

低調讀書術

崔護〈題都城南莊〉

人面桃花

治癒系

釋義　形容景色依舊，而人事已非的感傷。

厭釋義　忘記留下正妹的聯絡方式

觸發時機：發現美女或感嘆人生變化太大

施展對象：好看的女孩子
或眼前不符合記憶裡的景況

施展效果：傷心 +20%
記憶 -20%

技能警示：亦可指女子容貌美麗，
可與桃花爭豔。

進階技能：▶▶ 桃花人面

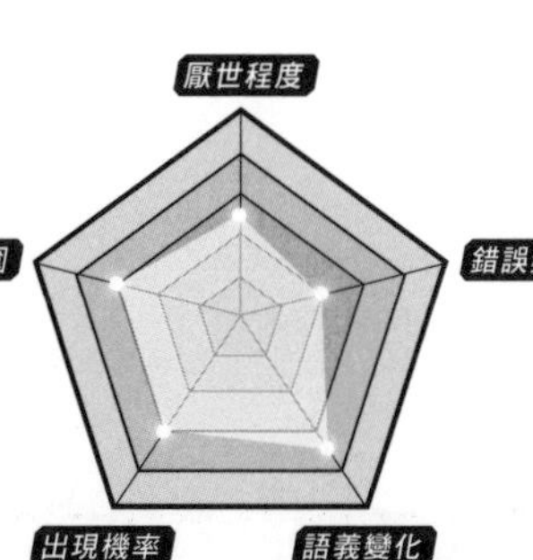

最浪漫的再見，是再也不見。

唐朝崔護是一位個性高冷孤僻的帥哥，不太喜歡與人相處，時常把自己放置在同溫層之外，喜歡做一匹獨來獨往的狼，而不是搖著尾巴討人喜歡的狗。

清明時節，沒有朋友的崔護來到長安城南散心，發現一處幽靜的住宅，裡面充滿花草樹木，彷彿無人居住才任由植物生長。

崔護敲幾下門，或許是計畫沒有得到回應，準備大膽進入遊賞，畢竟這種綠意盎然的老宅，向來是文藝青年的最愛。不過，放在今日來看，根本是無故侵入他人住宅，要處一年以下的有期徒刑、拘役或九千元以下罰金。

等了一段時間，有位女子從門縫裡看著崔護，小聲地問：

「是誰？」

崔護似乎忘記今天是清明節，在看似荒廢的莊院裡突然出現一位女子，應該要覺得瑟瑟發抖，但他卻立刻回答自己的名字，還說：

「尋春獨行，酒渴求飲。」

完全是搭訕的起手式，擺明想藉著找水喝來多認識對方，前面崔護的人物設定不是高冷嗎？這時候卻又變得超級能言善道。

《太平廣記》如此敘述女子反應：

「開門。設牀命坐。」

這裡的「牀」是指坐榻，並非我們晚上睡覺的床鋪，否則第一次見面就往臥室奔去，也未免太迅速了一點。

此時你若是崔護，眼睛看到的畫面會是：

「獨倚小桃斜柯佇立，而意屬殊厚，妖姿媚態，綽有餘妍。」

美麗的女子倚靠在桃花枝椏旁，眼神裡透露著三分好奇、兩分喜歡，以及五分的情意。過程中，崔護試著挑逗對方，但女子只是靜靜地看著他。

兩人分別的時候，似有千言萬語藏在眼神裡，但也沒有留下彼此的聯絡方式，直到第二年清明，崔護舊地重遊，卻只見大門深鎖無人回應，忍不住在門上題詩一首：

「去年今日此門中。人面桃花相映紅。人面不知何處去，桃花依舊笑春風。」

過數日後，相思成災的崔護再次來此，卻聽到裡面傳來哭聲，才發現這是一位父親的哀泣。

「你殺了我女兒。」

原來，打從那一天開始，女子便日夜思念崔護，題詩的那一天，不過是正巧外出，回來看到後就患病不起，絕食數日而死。

聽完，崔護也覺得難過，於是請求入內瞻仰遺容，將女子的頭輕輕靠在自己大腿上，哭著說：

「我在這裡。」

劇情在此時急轉直下，女子竟然睜眼復活，從此與崔護相守一輩子。

這種死而復生的童話故事情節我在《白雪公主》看過，王子還需要親吻公主，崔護只要哭喊幾聲，就從黃泉地府裡喚回心愛的女人。

最浪漫的再見，不是再也不見，而是經歷生離、死別，然後再相見。

厭世NPC

美好與悲傷的記憶，從來不會消失，常在意想不到的時間出現。

孟棨《本事詩・情感》

破鏡重圓

厭釋義 可以結了又離，離了又結嗎？

釋義 比喻夫妻離散或感情決裂後重新團圓合好。

觸發時機：分手後再做情人

施展對象：每一位前任

施展效果：失而復得 +20% 遺憾 -10%

技能警示：愛情限定

進階技能：▶▶ 言歸於好

▶◀ 分釵破鏡、分釵斷帶、勞燕分飛、覆水難收、鸞飄鳳泊

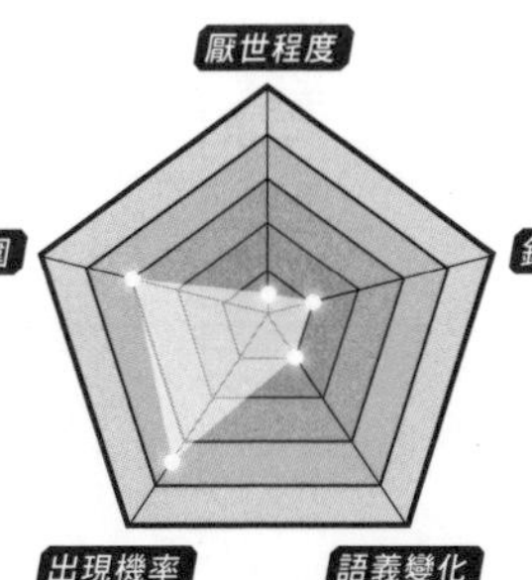

每個男孩，都想成為王子；每個女孩，都想成為公主。

在童話故事的結局裡王子與公主會過著幸福快樂的日子。南北朝時，不是王子的徐德言，娶了一位公主，卻不知道自己有沒有機會獲得美好的結局。

當時陳朝的廢物國君陳叔寶，有個美麗與智慧兼具的妹妹，封號為「樂昌公主」。

「公主，我不想努力了。」

這大概是一般人心中的夢想，期待能夠攀上高貴的枝頭，過著豐足的輕鬆生活。

但官職不高、權力不大的徐德言，完全沒有出現如此膚淺的想法，他是真心愛著自己的妻子——樂昌公主。

麻煩的是，廢物國君陳叔寶比想像的還要沒用，或者可以說是比想像的還要令人羨慕，如同他在〈玉樹後庭花〉裡的生活敘述：

「妖姬臉似花含露，玉樹流光照後庭。」

整天跟美麗冶豔的女孩們玩耍，再以詩歌炫耀自己的勝利者人生。

在太平盛世裡，平庸是一種幸福；但在亂世裡，平庸足以致命，更何況是昏庸。

陳叔寶享受聲色歡愉之時，正是未來的隋文帝楊堅壯志宏圖的開始。徐德言知道以國家的現狀，根本無力抵擋隋軍攻勢，他牽起樂昌公主的手說：

「妳的美麗會保護妳。」

認為才貌雙絕的樂昌公主，不會有生命危險，但將淪落至其他的富貴人家，成為別人的所有物。

死別可免，生離難免。為了彼此有再見面的機會，徐德言與樂昌公主各拿著銅鏡的一半，他許下一個承諾：

「在某個元宵節，我會找妳。」

只要樂昌公主聽到市場裡，有人叫賣半面銅鏡，這是牽起聯繫的暗號，請記得：那一個人是我。

不久，兩人因戰亂失散。徐德言正準備叫賣半面銅鏡時，卻發現市場已有一位僕人在做相同的事，而且還開出十分高額的價格，讓市場的人們發出嘲弄的笑聲，因為沒有人會蠢到願意以如此荒唐的價格，買回一塊破損的銅鏡。

結果徐德言就是一個笨蛋，連忙把僕人接回家中招待餐點，因為他知道這是樂昌公主給自己的指引，想不到她比他著急，也比他聰明，知道以高價賣半面銅鏡作為傳達訊息的方式，比起原初的計畫來得更有效率，也更有渲染作用。

兩面半鏡，於此重圓。

原來，樂昌公主在國家滅亡後，正如徐德言的預測一樣，成為當時權臣楊素的一名寵妾。

此時尚未能見到妻子的徐德言，寫下一詩：

「鏡與人俱去，鏡歸人不歸。無復嫦娥影，空留明月輝。」

經由僕人手中得到此詩的樂昌公主，每天落下珍珠般的眼淚，不願意吃下任何食物。另一方面，果然情傷是減肥最有效的手段。

楊素後來知道此事，大受感動，於是成全了兩人的願望，也圓滿了兩人的愛情。

公主與不是王子的男人，終於有了一個美麗的結局：從此過著幸福快樂的日子。

厭世NPC

爭吵像是用力摔破鏡子，事後再怎麼修補，也有縫隙。

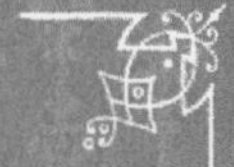

左丘明《左傳》

治癒系

一鼓作氣

釋義　比喻做事時要趁著初起時的勇氣去做才容易成功。

厭釋義　考試前的爆發力

觸發時機：事情正要開始

施展對象：拖延症患者

施展效果：激勵 +20%

擺爛 −10%

技能警示：一股作氣

進階技能：▶▶ 打鐵趁熱

▶◀ 再衰三竭

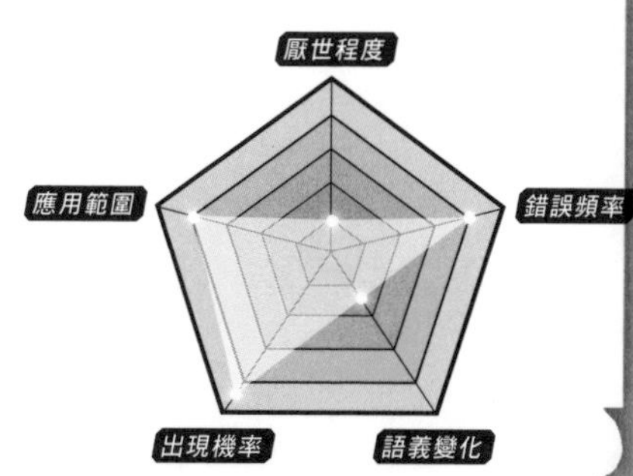

「閃開，讓專業的來。」

春秋魯國的曹劌，看見當時的統治者即將做出愚蠢、錯誤的決定，心中應該會浮現如此的念頭。

這是魯莊公擔任國君第十年的春天，齊國派兵攻打魯國，身為國家最高的領導者，理所當然計畫做出迎戰的準備。曹劌卻不以為然，認為國家沒有獲得勝利的可能，於是決定提出建議，有人試圖勸阻他的行動，覺得這是那些「肉食者」的事情，一般人沒有介入的資格。

肉食者，指的是掌握權力核心的政府官員。

政府機構或是公司企業舉行會議，通常提出問題的人，就必須是解決問題的人，如果不願意解決問題，那麼領導者和主管，通常會樂意解決提出問題的人，以此讓問題變得不易被發現，甚至得到不用解決的結果。

面對旁人這樣的擔憂，曹劌回答：

「肉食者鄙，未能遠謀。」

政府官員和公司主管都是一群廢物，他們只能思考明天晚餐吃什麼，再遠就完全想像不到了。

所以，曹劌找到機會，毫不客氣地質問魯莊公：

「想贏，誰給你的勇氣？」

魯莊公提出兩點解釋：

我有請客。

我有拜拜。

曹劌通通反駁，認為前者不過是小惠，後者也只能稱得上小信，以上都無法凝聚國家人民的力量，依舊不可以作為邁向勝利的起點。

百姓不願意服從，神明也不願意護佑，代表沒有向心力，也沒有好的運氣，那憑甚麼打贏戰爭？

似乎想要討回一點所剩無幾的尊嚴，魯莊公接著說：

「小大之獄，雖不能察，必以情。」

終於，曹劌同意魯莊公查證各種犯罪事件實情的做法，認為不僅完成身為統治者的本分，還能夠符合人民的期待，做到團結群眾意志的作用。

魯國的確有資格和齊國一戰，曹劌便請求跟隨軍隊出發。

到了戰場，曹劌和魯莊公同乘一部戰車觀望敵軍動靜，即使無法肉眼得見，也能感受到魯、齊兩軍之間，彷彿有一根繃緊欲裂的弦。

根據荀子在〈議兵〉一文中的說法：

「聞鼓聲而進，聞金聲而退。」

軍隊的前進與後退，是以鼓聲與鑼聲作為通知的方式，迅速傳遞上級的指引與命令，讓戰場上的士兵們可以準確且忠實地服從指示。

按耐不住的魯莊公準備擊鼓出兵，曹劌卻伸手阻止說：「先不要。」等到齊軍擊到第三次鼓的時候，才大聲說：「趁現在！」彷彿是格鬥漫畫裡的主角，經歷長時間的觀察後，終於抓住敵人的破綻，用盡全力釋放自己的必殺技，一擊打倒強大的敵人。

聽到第一次鼓聲的魯軍，果然趁著壯盛的氣勢，順利打敗對方。

嘗到勝利甜頭的魯莊公，準備將齊國的殘兵一一收拾，但曹劌又說出跟剛剛一樣的話：「先不要。」接著跳下戰車，蹲在地上仔細看了看泥土，再爬回戰車，扶著車前的橫木望了望遠方：

「OK，GO！」

當然曹劌說的不是英文，而是「可矣！」。

後來確定獲得勝利，曹劌向魯莊公解釋自己先前兩次暫緩攻擊的原因：

「夫戰，勇氣也。一鼓作氣，再而衰，三而竭。」

衝突，需要勇氣，若是群體的信念不夠強大，或是團結的核心不夠穩定，皆可能導致混亂與失敗。群體聽到第一次擊鼓的聲音，是最有凝聚力與爆發力的瞬間，等到第二次擊鼓或是第三次擊鼓，原本醞釀的戰鬥決心就會消失殆盡。

曹劌繼續說：

「彼竭我盈，故克之，夫大國，難測也，懼有伏焉。」

當敵人氣勢衰落，而我軍氣勢旺盛，容易在對抗中取得更多優勢的機會，後來也證明曹劌的判斷正確。

然而，即使順利以氣勢輾壓敵軍，但懂得尊重強大敵人的曹劌仍不放心，擔心會出現其他危機，諸如埋伏、詐逃之類的狀況。

謹慎的曹劌蹲在地上，是為了觀察敵軍的車痕；爬上戰車，則是要注意遠方的旗幟，試圖在細節中找到魔鬼。但幸好這裡沒有存在魔鬼，只有勝利的女神。

從混亂的軌跡與傾倒的狀態，曹劌知道齊國正處在「全軍逃走中」的困境。

這次的勝利，不只是憑藉一鼓作氣，更重要的是有事先的準備與事後的謹慎。

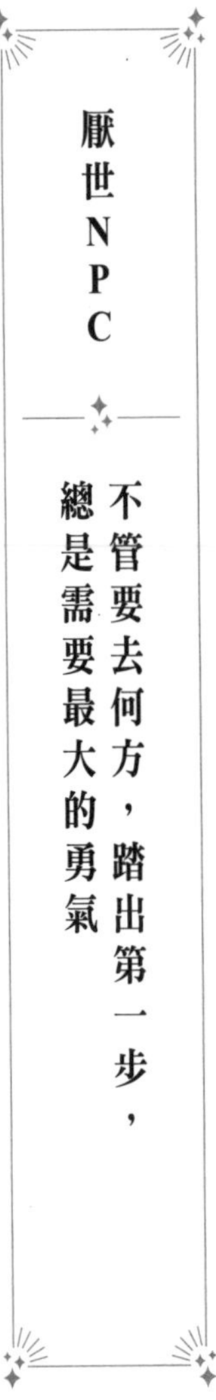

厭世NPC

不管要去何方，踏出第一步，
總是需要最大的勇氣

司馬遷《史記》

破釜沉舟

治癒系

釋義 比喻不惜切斷自己的退路，以求努力獲得最好的成果。

厭釋義 段考前拔掉網路線

觸發時機：必須全力以赴的狀況

施展對象：還擁有一點希望的人

施展效果：熱血 +10%
熱情 +10%

技能警示：破（斧）沉舟

進階技能：▶▶ 孤注一擲、背水一戰
背城借一、濟河焚舟
▶◀ 急流勇退、退避三舍

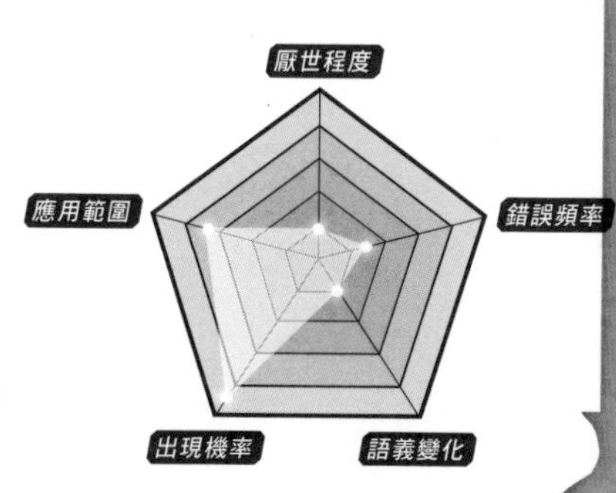

面對強大的敵人，你會選擇戰鬥，還是屈服？

面對身困險境的夥伴，你會選擇拔刀相助，還是袖手旁觀？

項羽做了一個重要的選擇，讓他成為未來眾人仰望的霸王，不過為了消滅秦國，以及替自己叔父復仇，現在的他必須先取得軍隊至高的權力。

當時楚國的上將軍是宋義，名字聽起來普通，但卻有一個很威的稱號「卿子冠軍」。卿子是貴族公子的別稱，冠軍則是上將軍。

宋義的身分與地位，皆是楚軍第一，但他的消極態度也是第一。

這讓身為次將的項羽十分不滿，以他的個性，復仇這一道菜向來要趁熱吃，沒在那邊什麼冷冷端上。之後，等不及要殺光敵人的項羽，決定先要殺死自己的長官，藉此獲得掌握軍隊權力，他耍了幾個小手段，闖進宋義的軍帳中，一刀砍掉他的人頭：

「宋義與齊謀反楚，楚王陰令羽誅之。」

為什麼大家不知道我要殺宋義，因為這是楚王偷偷命令我的啦！這種漏洞百出的說法，項羽也不在乎是否有可信度，畢竟旁人害怕他的威勢，也紛紛附和說：

「殺得好！」

卿子冠軍就這樣莫名其妙地死掉，稱號再威，也威不過未來的西楚霸王。

原來，趙國鉅鹿一地被秦國大軍包圍，以宋義為首的楚軍，正是要前往協助解決趙國的困境，但卻不願意立即加入戰場，反而停留原地四十六天，計畫像電玩遊戲的「撿尾刀」一樣，在怪物已經快被別人打死之時，成為給予最後一擊的英雄，用最少的力氣得到最多的利益。

項羽無法接受這種勝利方式，才決定殺了卿子冠軍，繼任成為楚軍的最高領袖，立刻威震國內外，如果當時有報紙，一定登上國際新聞頭條。

之後，項羽前往鉅鹿出兵救趙國、殺秦軍。

但秦軍像是一群飢餓的野獸，由項羽率領的楚軍未能有太大優勢。幾場零星的勝利之後，項羽親自引兵過河，為了展現意志與決心，他就像有些學生會在重要的考試前剃光頭髮，宣示自己即將用功讀書、取得佳績；而項羽為了打倒重要的敵人，正在舉辦的儀式是：

皆沈船，破釜甑，燒廬舍，持三日糧。

把交通工具弄壞，把煮飯器皿打碎，把住的地方燒掉，只攜帶三天的糧食，代表這一次的出擊，沒有後退，只有前進；不是成功，就是死亡。

儀式，是一種心理的制約，在自己給予的壓力之下，反而可以突破自己設下的障礙，發揮更強大的能量。

結果，經歷九次武力衝突，楚國戰士以一當十，呼聲動天，殺爆眼前敵人。等到項羽獲得勝利的那一刻，原本還在觀眾席上欣賞項羽軍隊賣力演出的各路諸侯，發現這場楚、秦的戰局結果出乎意料，像是爆冷門的運動比賽，已經蟬聯多次冠軍的衛冕者，竟然會有被打敗的一天。

袖手旁觀的各路諸侯，深怕項羽的仇恨從秦軍轉向自己身上，只能用如此方式表達對項羽的敬畏與臣服：

膝行而前，莫敢仰視。

從此刻開始，項羽正式成為諸侯們的領導者，繼續邁向屬於他的霸王之路。

厭世NPC

退一步海闊天空，
這句話是留給身後不是無底深淵的人。

范曄《後漢書》

投筆從戎

治癒系

厭釋義 畢業季的國軍招生宣傳廣告

釋義 指棄文從軍，以衛國立功。

觸發時機：準戰爭或戰爭狀態

施展對象：熱血青年

施展效果：忠誠 +10%

愛國 +10%

技能警示：投筆從（容）

進階技能：▶▶ 棄文就武

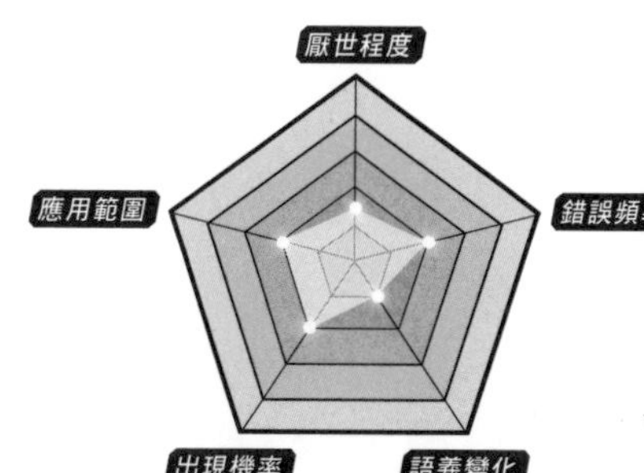

高中國文試卷有測驗字形的題目，先給學生一個詞語，將其中一個國字換成注音，讓學生選擇正確的答案，為了讓題目更有鑑別度，偶爾會以成語代替詞語，例如：投筆從「ㄖㄨㄥˊ」。

結果，我的學生在旁邊寫上「容」，認為這句成語是指從容不迫地把筆放下，打算去做別的事情。

正確答案為「戎」，意思是軍旅生活。這一次誤讀有著學生自己的邏輯，是因為對成語典故的不熟悉，以及字彙量的不足，導致無法正確辨認答案。在他們的思考裡，不會出現「從軍」的想法，更別提聯想到「從戎」。

讓時間從二十一世紀的教室回溯到東漢扶風平陵，年紀尚輕的班超，未來將會是一位成功從文書專員轉職瘋狂戰士的男人，就像線上遊戲困難模式中的角色那樣。

班超的眼睛總是看往最遠方的疆域，即使年輕的時候僅能對望著眼前的書桌，替別人抄寫書籍，做著機械性的單調作業，維持最基本的生活條件。根據《後漢書》的敘述是他「嘗輟業投筆」嘆息：

「不想寫了啦！我要幹大事。」

或許是疲憊，或許是不甘心，班超像是一位作業寫太久的孩子，把筆用力摔在桌面，表示自己不想再繼續下去，應該要在意外的國度裡，建立令人意外的功業。

但以目前班超的狀況，完全是不切實際的發言，如果是在網路上，底下大概會刷出一排「笑死」。

事實上，當時班超的確聽到了眾人的嘲笑，但他只說了一句：

「小子安知壯士志哉！」

英雄的腦袋，不允許凡人的侵入與探索，也不冀望凡人的理解與認同，但班超卻需要命運的肯定。

班超嘴巴說得厲害，心裡還是不免徬徨，忍不住找了會看面相的師傅，終於獲得自己期待的預言：

「當封侯萬里之外。」

知道未來有機會幹一番大事，班超繼續追問下去，想知道從什麼地方得知這樣的結果，可見目前他尚未有足夠的信心，只有不斷膨脹的野心。

「生燕頷虎頸，飛而食肉，此萬里侯相也。」

頷是下巴、頸是脖子，有人說燕頷是雙下巴，就像燕子尾巴那樣的分岔，但我則

認為是誇張版的「屁股下巴」，也就是所謂的「顎裂」，在下巴部位有著一條凹陷；至於虎頸可想而知，是指粗壯的脖子。

即使不太能理解人類身體部位與動物特徵的關聯，但應該可以想像面相師傅指著班超，仔細說明擁有一副粗獷臉孔等於擁有封侯的條件。如果還是不太知道「燕頷虎頸」是什麼樣子，可以稍微回憶《三國演義》電視劇或動漫電玩裡張飛的形象，大概就是那種猛男壯漢，一拳可以打爆捷運接駁公車。

你如果長得像是漫畫《北斗神拳》的拳四郎，或電影《復仇者聯盟》的雷神索爾，那誰會覺得你甘願一輩子提筆、抄書、寫字？充滿肌肉的手臂，即使握著毛筆，應該也可以殺人吧！

之後，班超獲得隨行出擊匈奴的機會，展現隱藏已久的軍事天份，立下不少戰功，贏取上級的賞識與重視，接著跟隨團隊出使西域。

關於西域，又是另外一個故事了。

厭世NPC

很多人不在意自己想要什麼，反而先在意起別人想要什麼。

范曄《後漢書》

不入虎穴焉得虎子

觸發時機：風險越大，收穫越大。

施展對象：冒險王

施展效果：危機 +20%
安全 −10%

技能警示：一定機率會 Bad Ending

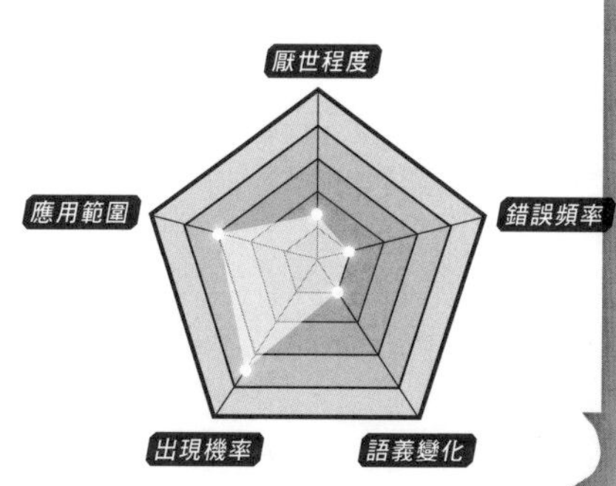

班超的西域故事，是從四十一歲才正式開始。

根據史書記載，班超長相粗獷沒錯，但說他充滿肌肉倒未必如此，不過那種狂野的臉孔，如果搭配纖細柔弱的身材，整體比例也是十分不協調。

然而，班超真正強悍的不是外型，而是內在的豐沛精神。

自「投筆從戎」之後，班超展現強烈的企圖心，完全不像是受過文書作業摧殘的公務員，更沒有中年人接觸新事物的不安與焦慮，第一次當兵打仗就輕鬆上手，彷彿沒有適應軍旅生涯的困難。

班超出使西域，連同另外一位長官郭恂，總共帶了三十六位屬下，人數跟一個高中班級差不多，與其說是外交使節團，看起來更像是成年人的校外教學。

一行人先來到以前稱作「樓蘭」的鄯善，鄯善王給予他們五星級飯店等級的招待，班超也認為彼此已經建立良好默契，後續來往應該不會有任何阻礙。

不久，鄯善王的親和程度出現雲霄飛車式的迅速下滑，變得十分差勁且惡劣，這讓班超起了疑心：

「一定有鬼。」

推測有匈奴的使者也來到此地，導致鄯善王陷入兩難的抉擇，無法決定要依附哪一方的勢力，只好以冷漠作為自己的保護色。

為了確認自己的猜想，班超故意詢問鄯善王派來的侍從：

「匈奴使來數日，今安在乎？」

在沒有心理準備的狀況下，侍從驚慌地說出匈奴使者抵達的事情，證實班超一開始的推測。

為了避免出現鄯善王向匈奴靠攏，導致出現背離漢帝國的壞結局，班超立即進行危機處理，正如他之前掌握侍從的心虛，接著是要喚醒那三十六位屬下的戰鬥決意。

酒是觸發高昂情緒的媒介，班超刻意選在酒酣耳熱之際，挑起屬下們的憤怒與競爭意識，巧妙避開不安與恐懼發生的可能，讓這些人願意跟隨自己拚死冒險一次：

「不入虎穴，不得虎子。」

計畫趁著黑夜殺人放火，殺一個匈奴措手不及，迫使鄯善王不得不屈服，如此也能宣揚國威。

班超說完，眾人雖然喝了酒，但還是存有部分理智，認為要不要和長官郭恂商量再行動，充分展現公務員的消極、保守，以及服從的心態。

但是，班超認為郭恂是個平庸文官，不懂戰事的即時性與變化性，一旦準備時間拉長，消息容易外洩，反而浪費自己寶貴的生命。

「是男人就上了。」

語畢，眾人同聲附和後，隨即展開迅速、確實的殺戮。火光中，班超親手幹掉三個匈奴兵，其餘的敵人也盡數被殲滅。

當我們發現班超竟然如此依賴心理戰術時，或許會很驚訝，好像收看一部以戰爭為名的電影，結果期待的血流成河竟然沒有出現，而是鋪陳大量的對話，好不容易捱到打鬥場面，結果也是短短幾分鐘。

之後的二十多年裡，班超終於完成萬里封侯、揚威異域的夢想，並不是光憑拳頭與力量，而是智慧與膽量。

或許，年輕時的抄寫，讓班超忠實地記住書中內容，轉化成未來戰鬥的能量。路從來不會白走，只不過用另外一種形式，儲存在身體的記憶裡。

厭世NPC —— 做什麼，比說什麼更重要。

司馬遷《史記》

一鳴驚人

治癒系

釋義　比喻平時默默無聞，而後卻突然有驚人的表現。

厭釋義　我認真起來，連我自己都會怕。

觸發時機：發現意外的言語或行動

施展對象：平日不被注意的邊緣人

施展效果：高調 +10%
低調 -20%

技能警示：另一版本的主角是「齊威王」

進階技能：▶▶ 一飛沖天

厭世程度
錯誤頻率
語義變化
出現機率
應用範圍

春秋時期，尚未成為楚莊王的熊侶，是一個令人羨慕的紈袴子弟，如果活在現在，應該會整天玩手遊、課金、上網贊助直播主，以及瘋狂參加網路美女的各種派對活動，沉浸在沒有邊際的欲望之海裡。

不久，熊侶正式即位，成為一國之君，卻也不改其本來性格，依舊每天爽玩，爽玩三年，完全沒有承擔政治責任的想法與作為。

不僅如此，楚莊王熊侶還發布一條命令：

「有敢諫者死無赦！」

誰敢叫我不要課金、贊助，以及參加網路美女的派對活動，我一定殺了他。

領導者建立信用與權威的方式，如果是選擇讓人懼怕自己，而不是尊重自己，所屬的群體將會成為一盤散沙。楚莊王正是以這樣的態度，統治屬於他的王國。更何況，所謂「諫則死」的命令毫無正當性，不過是藉由隔絕外在的聲音，持續滿足自己的欲望而已。

在威權底下，死人不會說話，活人也不敢說話。

某些擁有憂患意識的群體成員，自然會開始擔心群體的前途，甚至評估可能遭遇到的困難，畢竟身為群體的一份子，最終必需共同承擔風險與危機。

然而，想要阻止領導者的愚蠢，以及抵抗無法預測的絕對暴力，除了先見之明，還必須將自己放在危險的懸崖邊緣。

赤裸的真話總是尖銳，虛假的謊言反而動聽，那麼誰願意當說真話的那一個人？答案是：伍舉。身為楚國大夫的他，不僅有遠見，也不怕懸崖，勇敢走向和一群辣妹們開電音派對的楚莊王說：

「要不要猜謎語？」

也不等對方回答要還是不要，反正僅是一個充滿遊戲性、懸疑性的開頭，目的是要引起對方的好奇心，伍舉接著說：

「有鳥在於阜，三年不飛不鳴。」

猜猜看，這是什麼鳥？看起來像個「無腦政二十多代」的楚莊王，竟然知道伍舉是以不飛不鳴的大鳥作比喻，委婉地批評自己握有權力，卻毫無任何作為與成就。

「三年不飛，飛將沖天；三年不鳴，一鳴驚人。」

楚莊王回答伍舉的意思是：

「等著看吧！努力起來連我自己都會怕。」

然而，楚莊王大概因為自己會怕，所以依舊沒有認真起來，不過是口頭敷衍伍舉，充分發揮「勇於認錯，絕不改過」的精神。

直到另外一位名為蘇從的大夫，冒著死亡的風險，再次勸諫楚莊王：

「殺身以明君，臣之願也。」

既然之前的謎語無法完成目標，蘇從只好用死亡讓君王看清楚自己的責任與義務，期待以生命改變國家的命運，而國家的命運正掌握在楚莊王的一念之間。

這一次，終於喚醒不飛不鳴的大鳥。

《史記》記載：

「乃罷淫樂，聽政，所誅者數百人，所進者數百人。」

這時候，楚莊王心底一定想著：

「飛給你們看，叫給你們聽，怕了吧？」

厭世NPC

內在的英雄，最初未必能夠顯現，需要等待時機降臨。

左丘明《左傳》

名列前茅

治癒系

釋義　比喻成績優異，名次排在前面。

厭釋義　大學考試放榜，最先被注意的人。

觸發時機：發現強者

施展對象：無法隱藏實力的強者

施展效果：優秀 +10%
好棒 +20%

技能警示：名列前（矛）

進階技能：▶▶ 首屈一指、獨占鰲頭
▶◀ 名落孫山、榜上無名

厭世程度
錯誤頻率
語義變化
出現機率
應用範圍

魯宣公十二年的夏天，晉國將領荀林父遇到一個尷尬的情況，陷入進退兩難的窘境裡，必須迅速選擇最有利的答案。

當時，鄭國遭到楚國軍隊的包圍，經過了十七天後，先是靠著全國人民的哭聲讓楚莊王暫緩發布攻擊的命令，而鄭國立刻修築城牆做最後的反抗。

楚莊王正準備要證明自己隱藏已久的實力，怎麼可能同情鄭國的處境，他暫緩攻擊的決定是要等待晉國軍隊的出現，希望能藉此機會給予對方一次劇烈的重擊。

擺明找架吵，也要找架打。

鄭國與晉國之間有同盟的關係，晉國理應在鄭國有難的時候出手協助，但楚莊王卻始終沒見到晉國軍隊的影子，乾脆直接攻陷鄭國，迫使鄭國國君赤裸上身、手牽著羊，走向楚莊王說：

「我輸了，不要殺我們。」

試圖降低損害，至少維持國家的存在，避免淪落成低賤的奴隸。

獲得勝利的楚莊王不理會眾人勸阻，認為可以再相信一次鄭國國君，執意退兵三

十里，並與鄭國結為同盟，這對原本瀕臨滅亡的鄭國來說，無疑是最佳的解決方案，輪到晉國頭痛了，也是一開始提到的尷尬、兩難的處境。

「變成敵人朋友的朋友，還是不是朋友？」

荀林父覺得有點難堪，預計協助的鄭國已經是敵國的同盟國，出兵的原因已經消失，那麼要不要避免這一場勢均力敵的對決？或是延遲對決的時間？還是乾脆等到楚國軍隊離開，再次攻打鄭國？

「只打有把握的仗。」

荀林父做出決定，旁邊另外一位將領士會同意且附和長官的看法：

「楚國太強。」

綜觀情勢，楚國的內政、外交、軍事幾乎練到最高的等級，不僅有一鳴驚人的楚莊王，還有那位曾經打死雙頭蛇，後來還被司馬遷評比為優良官員第一名的孫叔敖輔佐幫忙，更重要的是：

「軍行，右轅，左追蓐，前茅慮無，中權，後勁。」

楚國軍隊分為右、左、前、中、後，各有負責的軍事項目，而前方的軍隊則是拿著茅草當作旌旗引領軍隊，陣容十分整齊堅強。

另外一位晉國將領先縠反對如此說法，認為以前靠著勇猛稱霸諸侯，現在如果退

兵這會被別人看不起，萬一被嘲笑膽小怎麼辦？

「有輸過，沒怕過。」

先穀懷抱這樣的想法，帶領自己的軍隊渡過黃河，決意與楚國來場大戰。

荀林父更尷尬了，對外已經沒有必勝把握，對內竟出現意見分裂，甚至已經有人先行進攻，若贏還好，要是輸的話，責任全算在自己頭上。

每個人都想成為贏家，但勝利的獲得並非完全透過決心或自主的行動，更多的時候，意外會以無法避免的方式出現，過去的經驗反而成為現在失敗的關鍵。

荀林父，後來成為一隻困獸，期待再次伸出利爪戰鬥，但這已經是這場戰爭失敗後的故事了。

厭世NPC

比賽中最值得炫耀的獎盃，是勝利者從失敗者臉上奪走的微笑。

劉向《晏子春秋》

中流砥柱

治癒系

釋義：比喻獨立不撓、能擔當重任支撐大局的人。

厭釋義：晚上十點，公司只剩你一個人加班。

觸發時機：有人需要鼓勵與讚美的時候，或是憐憫工作量極大的同事。

施展對象：優秀的人類、過勞的社畜、沒有意願擔任幹部的學生

施展效果：信心 +10%
責任 +20%

技能警示：中流（抵）柱

進階技能：▶▶ 一柱擎天

厭世程度
錯誤頻率
語義變化
出現機率
應用範圍

如何用兩顆桃子殺死三個討厭鬼？看好了世界，這個男人只示範一次。

春秋時期，齊國有三位肌肉猛男：公孫接、田開疆、古治子。某天，齊國著名的政治家晏子經過這三位勇士面前，加快自己的腳步通過，目的是表示禮貌與尊重，不願意停留打擾他們的休息或聊天。按道理，三位勇士也要對晏子有所回應，站起來點頭打個招呼，才是成熟大人的社交互動，他們卻當作沒看到晏子，雖然不排除晏子身材短小，不容易被人發覺，但三個人都沒注意到有人經過，也未免太不可思議。

「給矮子一點尊重，好嗎？」

晏子覺得不太愉快，因為禮儀是將內在敬意顯現在外部的行動，透過這樣的方式，能夠形成一塊緩衝的無形軟墊，減少劇烈衝撞的機會。若這些以勇猛著稱的男人，無法與人群和諧相處，那麼勇敢的行為就不再有價值，更可能會淪為單純的暴力，不但失去維繫社會秩序的功能，甚至反過來破壞社會秩序。

根據這有點滑坡的推論，晏子向齊景公提議：

「殺爆！沒錯，就是殺爆，我才不管什麼肌肉大塊小塊，每次遇到不禮貌的人，

就是殺爆，一個殺了再換下一個，下一個殺了再換下下一個，跟把這一天訂作國定殺戮日沒兩樣，世界和平就是這麼簡單。」

不過，肌肉猛男似乎沒這麼容易殺爆，肌肉猛男需要更猛的肌肉猛男才能抓住。

雖然齊景公答應晏子的提議，依舊感到十分苦惱：

「你行，你來。」

晏子真的行，也真的來了，帶著兩顆桃子來了。

面對三位勇士，晏子恭敬地說：

「只有最優秀的人才能吃，你們自己決定吧！」

把分配桃子的責任交付在他們手裡，公孫接第一個站出來說：

「我幹掉過一隻野豬，兩隻老虎。」

便站起來拿走一顆桃子，以得到滿分的姿態望著其他人。

田開疆則說：

「我打贏兩次戰爭。」

他也站起來拿走一顆桃子，一樣露出得到滿分的表情。

最後輪到古冶子說：

「吾嘗從君濟于河，黿銜左驂以入砥柱之流。」

若用現在的語言翻譯，意思是他曾經跟著國君開吉普車過河，路上遇到一隻像烏龜的猛獸，緊咬住左邊輪胎，想把大家拖進砥柱山旁的急流裡。

「那時我還不會游泳，只好閉氣走在河底，找到那隻烏龜怪獸殺死。」

彷彿化身成美國漫畫的水行俠，施展有別於常人的特殊能力，成功報復原本好好在水中生活，只因被人類驚擾而做出侵害行為的動物，怎麼想都不是什麼超級英雄，比較像心胸狹窄的壞蛋。

不過，古冶子被其它兩人視為真正的第一名，同意他才有資格獨占桃子。尷尬的是，他們都已經站起來了，承認失敗的二人無法再坐回原處，因為誤判自己與對方的實力是一種恥辱，那麼只能以死亡作為懺悔，公孫接與田開疆決定——以刀自刎。

看見眼前慘狀，古治子嘆息：

「獨活不仁、炫耀不義、知錯不死無勇，我才該死。」

說完，也用刀劃向脖子，為了那一顆虛榮的桃子而死。

厭世NPC

勇敢承擔責任的人，通常也需要承擔責難。

司馬遷《史記》

韋編三絕

治癒系

釋義 比喻讀書勤奮努力。

厭釋義 最喜歡的那一本漫畫或小說

觸發時機：坐在書桌，把課本打開。

施展對象：有意成為學霸的人

施展效果：智力 +100%

毅力 +100%

生命力 −1000%

技能警示：「三」在這裡是虛數，指多次。

進階技能：▶▶ 廢寢忘食

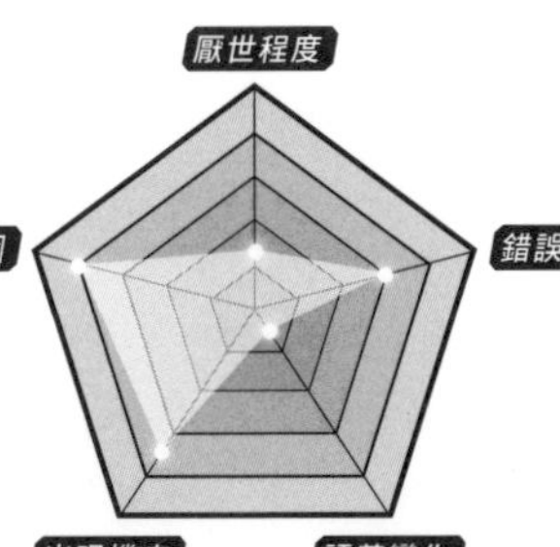

沒有讀者可以掙脫遺忘的枷鎖，無論再怎麼長時間沉浸在書籍裡的人們也不例外。即使是中國春秋時期的著名思想家孔子，他對於禮樂文化和經典學說有如此深入的涉獵，卻依舊坦白地表示：

「我需要多學幾次。」

彷彿一位健忘的學生，考試重點無法記憶到腦袋裡，總要老師在旁邊反覆叮嚀，或是給予整理過後的筆記，甚至提供好幾次的複習考試，才能完全吸收課程內容。

孔子曾經向當時的彈琴大師師襄學習（雖然師襄擅長的是「磬」這種打擊樂器），花了十天的時間還是不願意多學一首新曲子，無論師襄覺得已經足以進入下一個階段，但身為學生的他不斷地堅持：

「不行啦！我還沒記住指法。」

「不行啦！我還沒體會意境。」

「不行啦！我還沒認識作曲的那一個人。」

這樣的狀況維持一段時間，孔子忽然陷入沉思之中，接著看向遠方，整個人清澈

明亮了起來：

「我看見了。」

似乎在誇張的料理漫畫裡才會出現，美味的菜餚不僅閃閃發光，時不時還飛出一條神龍或是漂浮一位美女。然而，孔子則從樂聲看見皮膚黝黑的男人，並且認出這是周文王。

師襄沒有覺得孔子嗑了什麼迷幻藥，或認為是不耐反覆學習而精神異常，竟然恭敬地對眼前用功的學生鞠躬，肯定他沒有憑藉外人的提示，靠著自己的努力，真正理解這一首名為〈文王操〉的曲子。

在〈文王操〉樂聲裡看見周文王，是正常不過的事情。如果遺忘的過程無法避免，那麼必須透過身體的行動與大腦的思考，才能讓記憶停留比較長久的時間。

之後，孔子親手挑選符合自己道德與審美標準的詩歌，去蕪存菁地留下三百零五篇作品，依照風、小雅、大雅、頌的分類，各以〈關雎〉〈鹿鳴〉〈文王〉〈清廟〉作為開始的第一篇，也就是後來我們見到的《詩經》。

值得一提的是，孔子有能力為自己選擇的詩篇配樂歌唱，這證明他不只熟悉現有的文本，還可以應用過往的學習經驗，有意識地將其挪移組合，以符合實際的狀況所

需，最後成為完整和諧的作品。

孔子並不是掙脫遺忘的枷鎖，而是戴著它呼吸、跳舞，以及行走奔馳，這樣的習慣始終沒有改變。他到了晚年，喜歡研究《易經》，大概又是害怕自己忘記這些深奧美妙的語句，所以時常拿在手上不停翻閱，根據《史記》的記載：

「讀《易》，韋編三絕。」

韋是熟獸皮，可用以聯結、綑綁竹簡成冊，這是說孔子頻繁地打開與闔起《易經》，把竹簡上的皮繩弄斷了好多次，甚至感嘆：

「再給我多一點時間，就可以讀懂了。」

或許，隨著年紀增長，孔子已經無法愛所有的書，所以謹慎地停留在《易經》的文字與註腳，也可能是關於《易經》的真正理解，必須汲取廣泛的知識，以及累積生命的厚度。

不貪多、不求快，如此讀書，才能好好懂了。

厭世NPC

好書就像好人，值得你終日相處。

房玄齡《晉書》

洛陽紙貴

釋義　形容著作風行一時，流傳甚廣。

厭釋義　各大書店年度暢銷排行榜第一名

觸發時機：書籍大賣

施展對象：作家

施展效果：祝福 +10%
紙張 -1000%

技能警示：地球資源有限，
電子書是你環保選擇之一。

進階技能：▶◀ 乏人問津

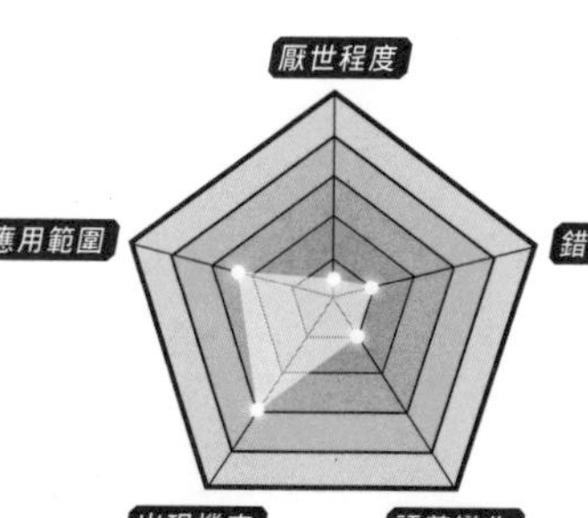

長得好看是天生優勢，活得漂亮是各憑本事。

西晉左思完全處在長相的極端劣勢裡，是史書白紙黑字認證的醜人，《世說新語》更是過分，如此形容：

「絕醜。」

不是普通醜、有點醜，而是絕對醜，醜到第一名。他彷彿選到困難模式的新手遊戲玩家，除了樣貌之外，語言、音樂、以及溝通能力也不太擅長，就連父親都向外人抱怨：

「我小時候都沒這孩子笨。」

要使某種特殊材料達到一定強度，需要透過外在環境的壓力，或是內部精神的變化，人也是同樣的道理，左思沒有因為不被看好而放棄自己，反倒更加認真學習，省下與人來往的時間，全心投入在寫作的小宇宙裡。

對左思來說，出門是童年抹不去的陰影。

當時有一位俊美的男孩潘岳，大概是太可愛的緣故，只要他帶著彈弓出門玩耍，

時常吸引婆婆媽媽們包圍；左思不知道哪根筋壞掉，竟然也想效法潘岳，以為可以獲得相同的關愛，結果未來會被歷史證明的醜人，自然是沒有好下場，被那群婦人吐了一堆口水，哭著回家找媽媽。

人醜沒關係，可以好好讀書，纖細的心靈逐漸變得堅韌，平庸的腦袋也慢慢成長茁壯。左思花了一年完成〈齊都賦〉，若是放在今日的學測作文考試，那他應該永遠無法在限定的時間內完成，而下一篇作品〈三都賦〉，更是預計要構思十年，宏大且精確地描繪魏、蜀、吳三個地方。

為了隨時記錄迸發的靈感，左思在家裡四處放置紙筆，想到什麼好的句子，立刻抄寫下來。此外，擔心自己的知識貧乏，他主動爭取擔任祕書郎一職，以便閱覽與搜尋書籍裡的資料。

如果人願意花時間回顧歷史的軌跡，以及探求文學的奧妙，那麼將會創造出比自己預期還要好的作品。左思對〈三都賦〉很有把握，認為比得上從前的名作家班固和張衡。這聽起來像是自我感覺良好，但他並沒有錯估本身的實力，〈三都賦〉後來的確獲得極高評價。

如同現在書籍的出版一樣，默默無聞的作者需要他人的後援，通常會找幾位名人、名作家或是各領域的佼佼者掛名推薦，或是幫忙寫一篇推薦序，向大眾介紹這作

者與他的新書。

左思也不例外，先找了皇甫謐寫序，再有張載替魏都、劉逵則為吳都、蜀都作注釋，這些皆是當世頗富盛名的文人，後來出現更多的讚美，尤其是司空張華的評論：

「使讀之者盡而有餘，久而更新。」

每一次的閱讀都產生新的理解與感受，是可以反覆咀嚼的好文章。如果那時有社群媒體，那麼〈三都賦〉就是得到政治人物兼知名文學網紅的按讚與分享，自然成為大眾最喜愛的作品，紛紛競相傳寫，由於紙張供不應求，造成洛陽的紙價高漲。

左思沒有好看的優勢，但依舊有本事活得漂亮。

厭世NPC

書櫃裡都該有一本暢銷書，作為自己仍未與社會脫節的證據。

參、攻擊系

朝三暮四

買櫝還珠

疊床架屋

魯魚亥豕

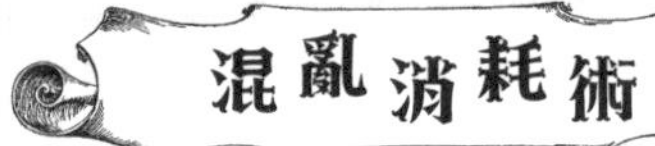

混亂消耗術

東食西宿

予取予求

變本加厲

貪求無度術

登徒子

始作俑者

惡名昭彰術

難兄難弟

五十步笑百步

同陷困境術

莊周《莊子．齊物論》

攻擊系

朝三暮四

✤ 厭釋義 早餐吃什麼？午餐吃什麼？晚餐吃什麼？

✤ 釋義 比喻人心意不定、反覆無常。

觸發時機：要這個呢？還是那個？

施展對象：選擇困難症患者

施展效果：猶豫 +10% 決心 -20%

技能警示：亦可比喻事物變化無定

進階技能：▶▶ 反覆無常、出爾反爾、朝秦暮楚

▶◀ 一心一意、始終不渝、始終如一、堅定不移

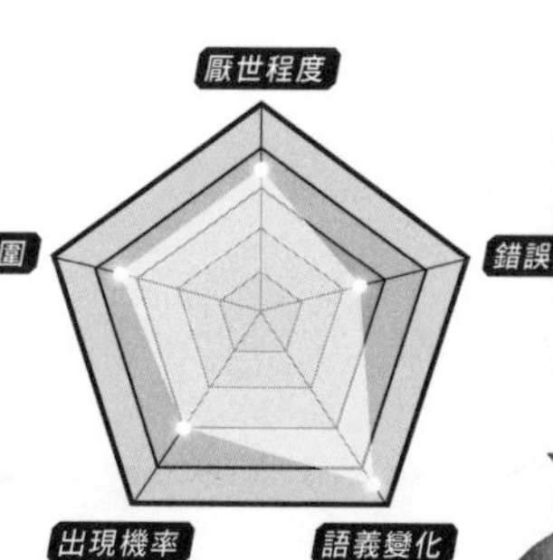

欺騙能夠隱藏真實的存在，真實的存在卻有機會從欺騙裡確知。

莊子在〈齊物論〉敘述一個養猴人餵食猴群的寓言，但在故事開始之前，他先提到一句話：

「勞神明為一，而不知其同也，謂之朝三。」

最淺顯的白話翻譯是：

「朝著錯誤的方向努力，跟那群猴子一模一樣。」

「猴子？什麼猴子？」

莊子擔心有人不懂自己在講什麼，於是開始補充從《列子》那裡得來的「朝三」故事，藉此作為自己道理的說明。

《列子》原本是講養猴人和猴群之間的互動，由於景氣不好的關係，必須逐漸減少各項飲食的支出。

養猴人決定用話術欺騙猴群，故意先提出「早上三顆橡實，傍晚四顆橡實」的建議，這大概跟平常的橡實數量不一樣，讓猴群感到十分生氣。

這時又改成「早上四顆橡實，傍晚三顆橡實」，猴群只看見早上的橡實增加，誤以為回到原本的飲食條件，反而覺得十分高興。

如同國文老師宣布早自習考默寫，學生立刻哀鴻遍野、呼天搶地，但將默寫測驗挪到第八節，學生又覺得獲得了緩衝的餘裕，明明考默寫的事實沒有變動，但在他們眼裡，這是完全不同的事情。

莊子把列子的故事翻轉成不同的意義，得出一個結論：

「名實未虧，喜怒為用。」

無論是朝三暮四或朝四暮三，最後都得出總數為七的答案，實際上沒有任何的改變，面對前後皆是相同結果的態度，應該要維持一致，但猴子的表現卻不是如此，反而有高興與生氣兩種情緒。換句話說，養猴人掌握了猴子的心情變化模式，製造出對彼此有利的情勢：自己沒有任何虧損，對方也滿意結果。

「懂了吧！解決爭執就是這麼簡單。」

若是要觀察真實的整體狀態，必須清楚地掌握核心的概念，而不是注視已經被割裂成碎片的資訊，如此才能順應變化而做出正確的決定。

莊子繼續解釋：

「是以聖人和之以是非，而休乎天鈞，是之謂兩行。」

這又是一句難懂的話，但若以現代思考方式來理解，莊子是想說生活裡飄散無數的資訊碎片，真正有智慧的人不會試著蒐集和拼湊，那是徒勞無功的努力，而是把資訊碎片當成另外一種呈現形式的整體，從不同視角觀看，或許會得到更合適的結果。

資訊就是資訊，只不過變成你不熟悉的形式存在；真實就是真實，只不過變成除了你之外還有不同的解釋而已。

當然，朝三暮四的故事，可能沒有那麼複雜的思考過程，莊子不過是在說數學的交換率。（誤）

厭世NPC

恐懼與害怕的多半是
我們未曾真正認識的東西。

韓非〈外儲說左上〉

買櫝還珠

攻擊系

釋義 比喻捨本逐末，取捨失當。

厭釋義 為了雜誌的贈品買雜誌

觸發時機：做了愚蠢的決定

施展對象：時常劃錯重點的人

施展效果：誤判 +10%

迷惑 +10%

技能警示：買毒還珠

進階技能：▶▶ 捨本逐末、本末倒置

▶◀ 伯樂相馬、取精用宏

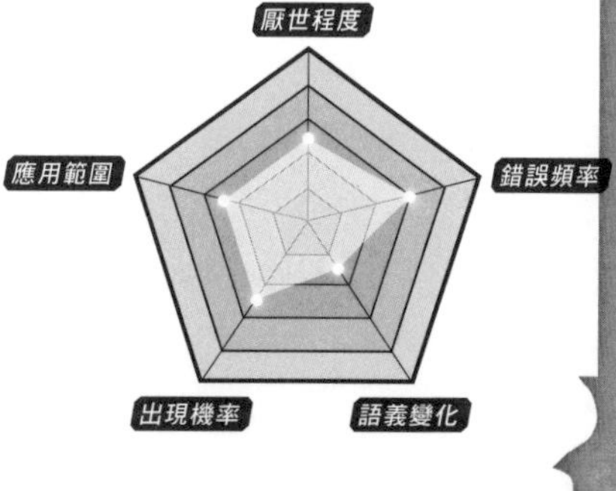

厭世程度

錯誤頻率

語義變化

出現機率

應用範圍

幾乎整個春秋末期的人都認識墨子，因為他的學說像是一座城市裡最具靈性的角落，總是不停地呼喚人們前往朝聖，但這樣的狂熱與崇拜，卻讓楚王感到疑惑：

「墨子講話和發文有夠直白，到底如何提高人氣的？」

這是向墨子的學生田鳩提出的問題，背後的意思是認為一樣屬於知識型網紅，四處推銷自己的理念與想法，墨子卻不像其他人要依靠華麗、聳動的言詞搏取注意力，照樣能夠獲得大量的訂閱、觀看，以及追蹤人數。

認真解釋起來有點複雜，田鳩決定以兩個故事作為回答。第一個故事是秦與晉二國彼此締結婚約，秦國將公主嫁到晉國，大概是想顯示國家的力量，以及公主的重要性，附贈七十位美麗的陪嫁女子。到此，完全像是買一送七十的優惠推薦組合，但卻造成反效果，公主沒有得到應有的尊重，因為大家的注意力全放在那七十位美麗的陪嫁女子身上。

任何商品若是附加太多贈品，那暗示商品真正的價值，並不如它宣稱的價格；表達想法也是如此，太過於華麗的修辭，反而誤導大眾的認知與學習，甚至可能貶低原

本的意義。

「不好的東西，才需要掩飾。」

田鳩彷彿這樣暗示楚王後，他又說了第二個故事。這次是真的談到自我行銷的部分，在介紹商品優點的時候，必須滿足客戶的期待與需求，但若是像某位楚國珠寶商人，為了販賣珍珠給鄭國人，先是準備好高級木材製作的盒子，再噴上花漾輕舞誘惑淡香水，木盒表面更鑲嵌著如同施華洛世奇水鑽的高級玉石，最後才慎重地放入自己的產品——珍珠。

那麼，這項華麗無雙的商品到底有沒有銷售成功？田鳩替楚王揭曉答案：

「鄭人買其櫝而還其珠。」

意思是買了那只高級華麗浮誇的木盒後，鄭國人退還裡面的珍珠：

「抱歉，這個我不要了。」

原本精美包裝是刺激銷售的方式，勾引出消費者內心的購物欲望，無論產品是否具有價值，他們都會自己找到一個消費的意義，有點像是與明星藝人或動漫角色聯名合作的產品，粉絲們購買與收藏的理由不是產品本身，而是想要支持喜歡的對象。

回到田鳩的故事裡，他對楚國珠寶商人做出如此評價：

「很會賣盒子，而不會賣珍珠。」

即使最後成功收獲利潤，卻不符合初始的規劃與設定，也就是說，墨子不願意只是得到大量關注，反而讓眾人忽略真正有價值的東西——知識。

假使墨子是YouTuber，他一定不會花三分鐘講浪費生命的廢話，也不會反覆提醒大家訂閱與追蹤，更沒有置入生硬的工商服務廣告，而是好好的、清楚的、簡單的、誠懇的，為每一個人仔細說明自己的理想、信念，以及知識。

厭世NPC

市場決定事物的價格，
你決定事物的價值。

顏之推《顏氏家訓》

疊床架屋

攻擊系

釋義　比喻重複累贅。

厭釋義　肚子的肉

觸發時機：不斷複製與貼上

施展對象：浪費時間的執行者

施展效果：效率 -20%

技能警示：亦可比喻重複模仿，無所創新。

進階技能：▶▶ 床上安床、屋下架屋
重規疊矩

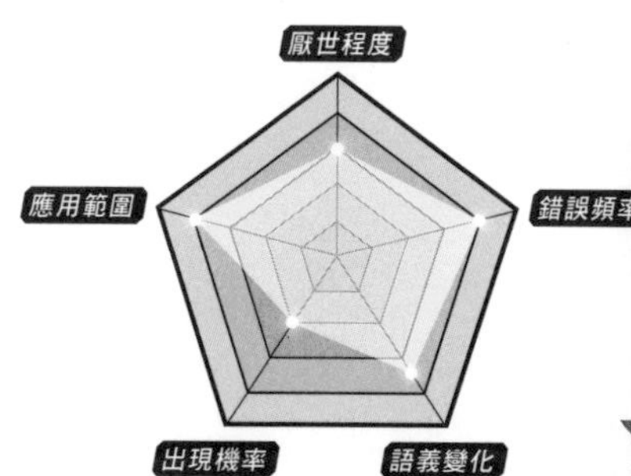

「我不知道怎麼教小孩。」

身為高中老師兼導師，很常聽到家長有這樣的擔憂與抱怨，面對孩子的學習與成長，現在權威式的教育已經不再受到青睞，自由開放的作法又像是置身在無垠的沙漠裡，容易迷失原本相信的方向，處於窘迫狀態裡的家長，自然會說出彷彿是求救一般的控訴。

「到底怎麼教小孩？」

生於亂世的顏之推大概會這樣告訴家長們：

「放下那些教養書吧！」

關於道德的培養與思想的啟發，許多書籍已經有具體詳細的敘述，並且在市面上逐漸氾濫，知識與資訊不斷彼此重複，無論翻到哪一本書，都可以看見相似的段落、舉例，以及名言金句。

觀察此現象後，顏之推提出自己的看法：

「猶屋下架屋、床上施床耳。」

家長的目標是保護孩子、改善生活，還有創造更安全穩固的關係，但在教養書籍日漸浮濫的狀況底下，反而造成家長的無所適從，不知道該如何是好。

人需要選擇才能感覺自由，但過多的選擇卻會增加焦慮與降低自信。

既然要放下那些教養書，那顏之推又能給予什麼建議？甚至為何要聽一位素人分享不太專業的心得文？

顏之推的解釋是：

「我的生活故事，可以讓你印象更深刻。」

無論多麼認為自己理性的人都一樣，很難用中立客觀的態度去面對狀況，往往會受到親疏關係遠近的影響，與其有一位好老師，不如有一位好親人。

但是，顏之推應該更想說：

「看很多本好書，不如讀我的一本書就好。」

所以，他歸納與分享個人的生命經驗，完成《顏氏家訓》一書。

顏之推在父親離世之後，家庭的經濟狀況不如以往，最後是在哥哥顏之儀的照顧下成長。兄代父職的顏之儀，個性對外人十分強硬，對家人則異常柔軟，沒有因為害怕弟弟誤入歧途，而給予太多的限制或禁止。

但顏之儀錯了！寬鬆的教養讓顏之推成為一位輕浮隨便的年輕人，一旦家庭失去

教育功能，取而代之的是社會風氣的影響。

不過，身為復聖顏回後代不知道幾十世的顏家人，總能夠在懸崖邊勒住奔馳的野馬，即時走回到正確的道路之上。

十八、九歲的顏之推也不例外，即使他慢慢改掉那些壞習慣，還是常覺得自己有很多矛盾的原則、表裡不一的言行，這些內在的發現與觀察，都讓他日夜不斷地反省懺悔，然後發出深深的嘆息：

「如果有人早點告訴我，該有多好？」

等你們打開《顏氏家訓》，那些該早點知道的事情，都在裡面了。

厭世NPC

練習只能提供努力的假象，唯有正確的判斷才能完善這種行動。

葛洪《抱朴子》
呂不韋《呂氏春秋》
魯魚亥豕
攻擊系
三豕涉河
釋義 指因文字形似而致傳寫或刊刻錯誤。
厭釋義 威風蛋糕
觸發時機：兩個字長太像了
施展對象：認錯或抄錯字的人
施展效果：正確 -20%
誤解 +10%
技能警示：不是不會寫正確的字
進階技能：▶▶ 三豕涉河、烏焉亥豕
魯魚帝虎
厭世程度
錯誤頻率
語義變化
出現機率
應用範圍

國文老師的同溫層內，流行著一段話：

「前世殺好人，今生改作文。」

這當然是開玩笑的說法，指導學生書寫文章是重要的教育工作，但每次批閱學生作文上大量的錯字、乏味的內容，以及雜亂的敘述，總不免開始懷疑自己：

「到底看了什麼？」

尤其是錯字的狀況，時常在不同學生的作文出現相同的錯字，頻率高到我覺得自己才是寫錯的那一個人，還會打開字典再次確認正確的字形。

現在學生習慣以電腦或手機輸入文字，他們未必要清楚知道字的細節，而是掌握字的輪廓就好，最後更以造字者的姿態，創造只有自己可以辨識的文字。

東晉著名的「丹之煉金術師」葛洪若是看到這樣的情形，一定會覺得十分危險，畢竟他除了煉丹、製藥外，還有研究道教符籙，而道教符籙要產生功效，必須書寫正確的內容：

「不是符籙沒用，是你沒用。」

從春秋時期的老子開始，就會使用神明傳授的符籙，但隨著時間的流逝，眾人也逐漸遺忘那些具有魔力的字形，再加上對自己缺乏信心，不但沒有正面的效益，更會產生危害。

你以為字形簡單到不可能寫錯嗎？葛洪提出幾個證據：

「書三寫，魚成魯，虛成虎，此之謂也。」

魚與魯、虛與虎，字的外型極為相似，即使知道不是什麼生澀的難字，但一時眼花、手誤，進而忽略那些該注意的小地方，就像「七」與「士」二字，也不過是在一個筆畫有長短不同而已。據此，符籙的錯誤更是難以發現，由於不熟悉的緣故，連哪裡有問題都不會知道。

神仙修練之術太遙遠，現在誰還需要使用與書寫符籙？不過字太醜而被戲稱為「鬼畫符」的狀況不在此討論範疇。那麼如果延伸到閱讀古籍的困難之處，可能會距離生活近一些。

像是在《呂氏春秋》的記載裡，孔子的學生子夏要到晉國的時候，路途行經衛國，或許是看見某一條河川的景象，正好符合史書裡的文字敘述，間接喚起某個讀書人塵封的記憶，於是從腦袋裡翻出那一則曾經閱讀過的資訊：

「晉師三豕涉河。」

在這裡，晉國的軍隊曾有三隻小豬在過河，先別提為何史書要特別紀錄游泳的豬，光是軍隊和豬兩者並提，就令人感到莫名其妙。

長期鑽研在文字裡的子夏，立刻反對這樣的說法：

「非也，是己亥也。夫己與三相近，豕與亥相似。」

不是三豕，而是己亥，並非動物，而是指稱時間，晉國的軍隊是在己亥那一天過河，紀錄人、事、時、地是史書的工作，豬絕對不是。

子夏抵達晉國，第一時間向當地人進行確認，以此證明自己的判斷是否正確，結果當然是他沒有誤讀書籍的文字。

對於一切事物，都應該保持懷疑的態度，真理的確存在，但不容易靠近。

厭世NPC

漢字的醋誤不影響閱讀。

應劭《風俗通義》

東食西宿

攻擊系

釋義　比喻企圖兼有兩利，貪得無厭。

厭釋義　小朋友才做選擇，我全都要。

觸發時機：什麼都想要的加法人生

施展對象：貪心鬼

施展效果：知足 −10%
欲望 +10%

技能警示：「宿」= 過夜

進階技能：▶▶ 狼貪鼠竊、貪得無厭

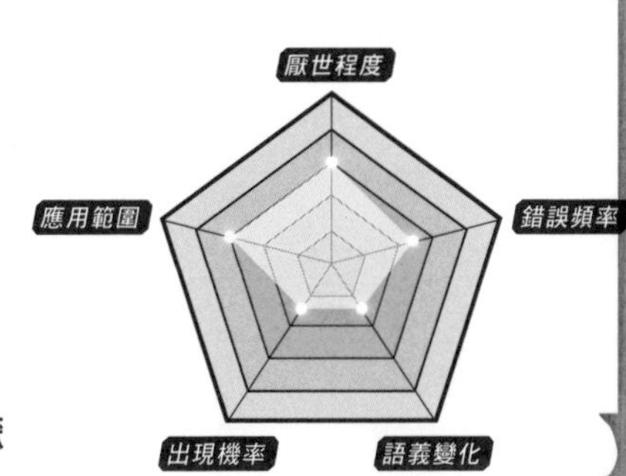

人生最難的終極二選一，應該是女友問：「你媽和我掉進水裡，你要救哪一個？」這裡看起來像是沒有正確解答的道德測驗，彷彿長久以來，當親屬關係持續演變時，血親與姻親終究得放在同一個天秤上衡量，最後還會維持勢均力敵的狀態，很難放棄其中一個選項。

彷彿是那隻法國哲學家布里丹假想的「理性」驢子，面對兩堆相同距離與品質的乾草堆，無法做出任何符合理性的決定而導致餓死的下場。

回到一開始的問題，多希望媽媽或女友是奧運游泳選手，這樣的難題會瞬間迎刃而解，也就不會陷入天人交戰的困境。

一般來說，日常生活中不太會出現令人難以抉擇的狀況，頂多是早餐不知道要點一份三明治，還是兩份；出門旅行要去登山，或到海邊；晚上睡覺前要不要洗澡。而像是吃大便味的咖哩或咖哩味的大便，這種殘酷的考驗只存在於網路之中。

不過，應劭《風俗通義》裡提到的一位齊國女子，同樣面臨二選一的難題，倒是愉快地找到解決方案。

高中生對應劭不會有太多印象，但他的姪子應瑒就比較具知名度，只要讀過國文課文〈典論．論文〉，都（大概）會記得是建安七子之一，文章被魏文帝曹丕評為「和而不壯」，意思是：文章風格溫和而不雄壯。

《風俗通義》考證不少禮儀制度、文化習俗，以及神話故事，其中有一則收錄在《藝文類聚》的佚文，解釋「兩袒」一詞的由來，也就是關於前面說的齊國女子，當時有兩位條件差異很大的男子在追求她，住在東邊的男子，家裡很有錢，但長得很醜；住在西邊的是個帥哥，可惜家境貧困。用現在的比喻大概就是：

「你要嫁給亞洲首富馬雲，還是剛出道的金城武？」

若以結果論來看，金城武似乎是比較好的答案（抱歉了馬雲先生），成名後的他有錢又帥氣，但人們沒有預知未來的能力。換句話說，沒有好或不好的選擇，只有能不能接受的結果。

齊國女子無法思考太遙遠的未來，開始在「錢」與「人」之間猶豫不決，她的父母非常著急，很想知道女兒的真實心情，但又擔心女孩子會害羞不敢表態，於是提出這樣的做法：

「偏袒令我知之。」

袒指裸露，偏袒是裸露左右其中一隻手臂，藉此委婉表達想選擇東西哪一家的男

子，也延伸有私心對某一方比較好的意思。

除了說話之外，動作亦可以視為想法的延伸，只見齊國女子緩緩捲起衣袖，同時露出兩隻手臂，但父母看不懂女兒到底表達什麼意思，滿臉疑惑地追問答案，齊國女子如此回應：

「欲東家食，西家宿。」

打破一般人理解的婚姻關係，想調整食與住的生活作息，作為獲得兩種好處的手段，同時滿足物質欲望與感官享受。

選擇不難，難的是放棄，什麼都想要，但什麼都丟不掉。

厭世NPC

你不能什麼都要，除非你什麼都不要，人生就是如此矛盾。

左丘明《左傳》

予取予求

攻擊系

觸發時機：你的是我的，我的還是我的。

施展對象：任性的人

施展效果：自私 +20%

貪心 +10%

技能警示：「予」ㄩˇ

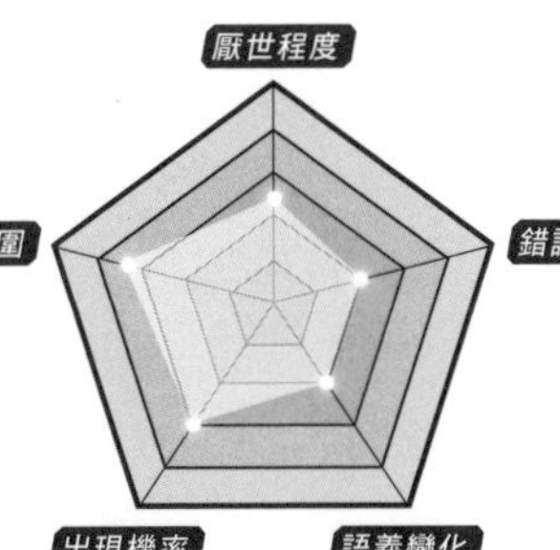

從任何理性的角度來看，沒有弱小的國家會以力量作為對抗強權的武器，甚至連半點抱怨的態度也不能出現，因為任何被視為冒犯的反應都會導致無法預測的下場。

春秋時期的鄭國，向來搖擺在齊國與楚國兩個強權之間，這種如同變形蟲一般的生存模式，反倒是讓已經處境艱難的鄭國，更加接近崩壞的邊緣。

鄭文公乃是鄭國的國君，但更像是一位言情小說的女主角，被心儀她的兩個霸道男人相互爭奪，笨拙又巧妙地遊走在他們之間。

一般而言，單純的小說女主角逃離奢華、糜爛，以及無聊的派對，通常會被視為清純的表現，進而得到男主角憐愛與同情，但鄭文公無法複製如此的故事情節，他逃離齊桓公主辦的結盟派對，得到的是恥辱與殺戮。

春天，是愛情綻放的季節，鄭文公沒有那樣粉紅色的心情，因為齊國軍隊已經準備攻擊自己的國家，作為過去背叛齊桓公的懲罰。

為了解決問題，有人提議：

「快去道歉。」

這裡有兩項重點，一是快去，二是道歉。但鄭文公充分發揮昏君體質，嘴裡說著會去道歉，卻一點也沒有盡快行動的意思，甚至還敷衍地說：

「再等一下啦！」

宛如被母親催促寫作業的孩子，不停找藉口拖延時間，似乎要等到世界末日那一天，才願意面對不想面對的現實。

幾個月後，鄭文公遲來的道歉不是跪下加磕頭，反而是砍掉申侯的頭。

關於申侯這個人，他原本是楚國大臣，深受楚文王的喜愛，彷彿拾獲可以許下一千零一個願望的神燈，而楚文王就是他的神燈精靈。

然而，現實終究不是童話故事，神燈精靈不會死亡，但楚文王卻有生命消逝的時候。在他臨死前對申侯說：

「女專利而不厭，予取予求，不女疵瑕也。」

楚文王太了解眼前的男人，但明知道他貪婪地聚斂財富，卻仍無條件接受這樣的缺點，同時也陷入了不公義的共犯結構。

「你有的太多了。」

申侯聽到楚文王說出這句話，明白自己的危機是建立在他人的覬覦與忌妒之上，不僅會承受來自四方的壓力與威脅，還有之後王位繼任者的限制與剝奪。

從哪裡得到，又會在哪裡失去。

按照楚文王最後的指示，申侯逃往到鄭國避難，再次獲得鄭厲公的信任與寵愛，鄭厲公也就是鄭文公的父親。

不過，申侯沒有把楚文王的話全部聽進心底，除了要逃跑之外，也必須正確選擇目的地：

「千萬別到小國。」

如同詛咒或是讖言，申侯命中註定般抵達鄭國這樣的小國，延續了一段時間的平靜生活，甚至幫自己的封邑蓋起華麗的城牆，在腦海裡規畫出美好的理想願景，但卻無法像過去那樣被楚文王寬容與保護。

申侯最後成為犧牲的祭品，被鄭文公作為與齊國求和的籌碼。

過度膨脹的欲望，會迅速接近緊繃的臨界點，禁不起絲毫外力的施加。

爆炸，是遲早的事。

厭世NPC

想要的東西越多，
得不到的東西也越多。

蕭統〈文選序〉

變本加厲

攻擊系

釋義　指事情改變原有的狀況而顯得更加嚴重。

厭釋義　變種病毒

觸發時機：越來越糟糕

施展對象：堅持一錯再錯的人

施展效果：危險 +10%

穩定 −20%

技能警示：變本加（利）

進階技能：▶▶ 日甚一日

厭世程度

錯誤頻率

語義變化

出現機率

應用範圍

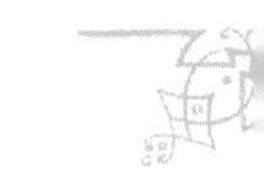

投資理財的相關資訊逐漸增加，或許受到成本、利潤等詞彙的影響，學生常將變本加厲誤寫成變本加「利」，大概計算成本以增加利潤，也是一種狀況的改變，自然聯想到錯誤的字形，我以前曾嘗試這樣幫助他們記憶：

「是厲鬼的厲啦！」

但現在已經無法發揮期待的功效，學生反而會一臉問號看向我，因為他們腦中的字典庫已經缺少厲鬼這個詞彙。

「變本加厲」出自蕭統〈文選序〉中一句：

「變其本而加其厲。」

其係指水凍結成冰的過程，不僅液態轉化成固態，溫度亦隨著降低，原意是用來說明文學的發展與演化，認為從原始社會裡的結繩記事，再到伏羲氏演繹八卦，逐漸形成文字與文學，並且出現禮樂制度，這些皆是一塊塊構成文明社會的基石。

蕭統這一本《文選》是中國現存最早的詩文選集，身為太子的他擁有足夠資源，招集一群文人共同蒐集、編撰先秦到南梁之間的優秀作品，試圖從時間長流裡淘洗出

金玉般璀璨的文字，選擇的標準是：

「事出於沉思，義歸乎翰藻。」

如同選美比賽一樣，收錄在《文選》的作品必須才貌雙全，也就是內容與形式並重，除了蘊含深刻思想外，還要有華麗語彙的裝飾，如此才能安穩端坐在歷代七百多篇詩文中的一個位置。

由於蕭統死後諡號「昭明」，人稱昭明太子（不是明太子），故此書又被稱作《昭明文選》。

大抵而言，語句與其意義之間的關係，比起時間要來得更加緊密，即使時間催化語句與意義的變形，無論是在外型或結構，都出現了各種不同的樣態，看起來已經是不一樣的東西。

這也是一開始以「水結成冰」做為比喻的用意，旨在說明文學體裁的變化，而且不容易掌握與認識變化的規律，因此蕭統嘗試做一次釐清與說明：

「文學是一場接力賽。」

例如「賦」本指《詩經》六義之一，為詩歌創作手法的一種，後來卻變為漢代流行的文體，隨著時間推移，發展出各種類型的作品。又或是傳遞文人情思的作品，例如被放逐外地的詩人屈原，那份憂鬱沉重的情感，亦成為眾人產生共鳴的對象。

換句話說，時間製造多元的可能發展，但卻不能以此判別語句與意義的好壞，文學注定要持續回溯，重新尋找符合現在標準的作品，作為口頭宣示與實質行動的開始，讓過去到現在的每一次書寫，不會成為浮誇、炫耀，以及空虛造假的一場大秀。

厭世NPC

事情變得更糟糕之前，我們執迷不悟；
事情變得更糟糕之後，我們無比懊悔。

宋玉〈登徒子好色賦〉

登徒子

攻擊系

釋義 貪戀女色的人

厭釋義 我這個人很簡單，有正妹就按讚。

觸發時機：你是不是想要色色

施展對象：想要色色的人

施展效果：色色 +20%
道德 -10%
人品 -10%

技能警示：「子」=古代男子通稱

進階技能：▶▶ 好色之徒
▶◀ 柳下惠、魯男子

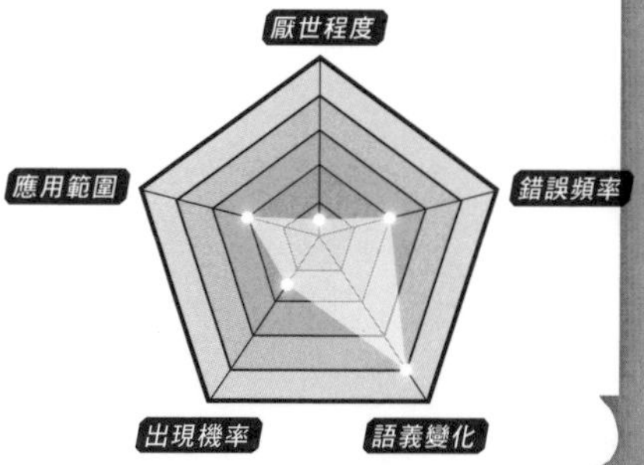

網路社群媒體的發展，模糊了公共議題與個人隱私之間的界線，大眾已經習慣將「自己」曝露在「他人」面前，透過網路的傳播，那些原本不會屬於討論範疇的事物，也逐漸占據我們視線。

所謂的網美或網帥，成為另一種形式的公眾人物，他們未必有什麼獨特想法或代表作品，卻仍以美好的形象侵入我們的生活之中。

如果過度投入在那些虛構的影像，進而形成某項喜好的偏執，那麼網路使用者會以「控」字作為稱呼，像是關於瀏覽網美的照片，我曾覺得自己是胸控，後來覺得是腿控，再後來認為其實腰也不錯，最近才發現：

「沒有啦！我只是單純好色而已。」

這個時候，則可以用「登徒子」作為代稱，而現在比較常用的另一個詞是「癡漢」。當然兩個名詞指涉的範圍還是有點不一樣，後者的批判成分多了一些。

「登徒子」是出自於宋玉的一篇文章〈登徒子好色賦〉，是他被某複姓「登徒」的男子誣告而感到不爽後的作品。

事情是這樣發生的，登徒子向楚王打小報告，認為宋玉長太帥、會說話、又好色，希望楚王不要帶著這種知性型男進出後宮。

言下之意，是擔心楚王的老婆們被宋玉勾引，間接表示對楚王的長相信任度不夠。聽到這樣的批評，宋玉表示：

「說我帥，太沉重。」

認為長相是天生的，我也沒去動什麼整型手術，照片更不曾修圖開濾鏡，太帥，難道要怪我嗎？能言善道是上課認真，老師教學我有在聽，太會說話，又要怪我嗎？

至於好色，宋玉堅決否認這項指控。但被人潑髒水，一時也難以洗清，畢竟不是你說沒有就沒有，總是要提出一個解釋。他以生活實例當作自己沒有好色的證據，並且向對手進行一次成功的攻擊。

在宋玉家的隔壁，住著一位千年一遇美少女，顏值可以打趴任何一位IG追蹤人數超過十萬的網美，他這樣描述：

「增之一分則太長，減之一分則太短；著粉則太白，施朱則太赤。眉如翠羽，肌如白雪，腰如束素，齒如含貝。」

這樣的一位人見人愛的美少女，每天爬牆想勾引宋玉，但他完全沒有任何回應。大概像是安心亞不斷私訊我，我卻故意已讀不回。（開玩笑的啦！我一定會馬上回）

反觀登徒子，就是先前那位複姓登徒的男子，（慎入，以下皆為人身攻擊），宋玉開始描述登徒子的老婆有多醜：

「其妻蓬頭攣耳，齞脣歷齒，旁行踽僂，又疥且痔。」

頭髮很亂都不梳理，耳朵還捲捲的，然後嘴唇外翻，牙齒向外暴出來，姿勢彎腰駝背，走路歪七扭八，更別提身上長滿一堆爛瘡，屁股還有痔瘡。（等等，宋玉怎麼知道人家有痔瘡）這麼醜的老婆，登徒子還跟她一連生了五個孩子。

最後，宋玉向楚王提出一個答案十分明顯的問題：

「再問一次，到底誰好色？」

厭世NPC

人類屈服欲望的結果，就是對美好的事物，做出醜陋的行動。

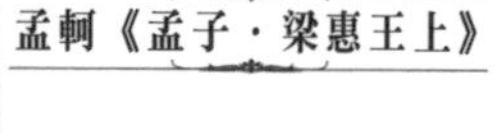

始作俑者

觸發時機：有一件壞事發生

施展對象：第一個做這件壞事的人

施展效果：罪惡 +10%

邪惡 +10%

技能警示：始作(勇)者

進階技能：▶▶ 罪魁禍首

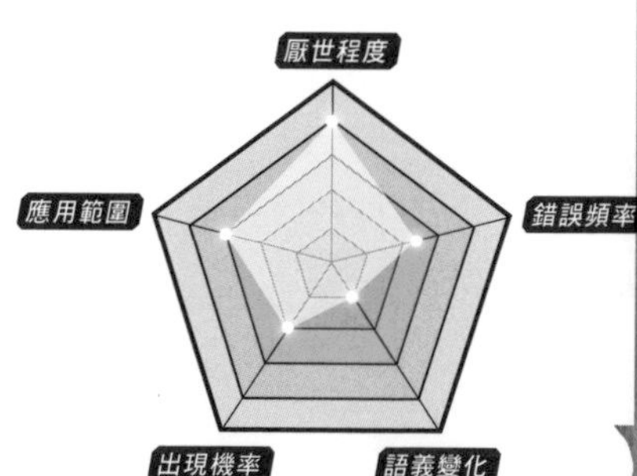

「始作俑者是什麼意思？」

「第一個做模型公仔的忠實粉絲。」

由於「俑」是指木頭或泥土做成的人偶，有些反應靈巧的學生會故意曲解成模型公仔，開玩笑地強調春秋戰國時期已經有這樣的御宅族文化，而說出這一句話的孔子，則是一位迂腐古板的師長，想要杜絕模型公仔的普及與傳承。

這完全是錯誤的詮釋，卻也顯現學生的創意，能夠抓住某個關鍵詞，迅速連結現實生活，製造「誤讀」的趣味。

某種意義上，學生喜歡裝笨，間接炫耀自己的聰明。不過，有時候聽見學生愚蠢的回答，我很難辨別到底是一種偽裝，還是真的不用功。

不過，對戰國的梁惠王而言，是真心坦承自己的愚蠢與不用功，願意認真聽從孟子的指教，或許是想知道如何可以成為一位好的領導者。

即使梁惠王之前見到孟子的第一句話是問：

「叟不遠千里而來，亦將有以利吾國乎？」

眼前這個老頭子大老遠跑到自己面前，一定有很重要的事情要說明。在梁惠王的世界裡，沒有什麼東西可以比「利益」要來得重要。

從另外的角度來看，金錢和權力是從「利益」衍生出來的兩種統治方式，梁惠王期待孟子能協助自己獲得金錢與權力，進而有效管理整個國家。

孟子對於這個充滿欲望的提問給予否定，認為不應該談「利益」，而是必須把執政的重點放在「仁義」之上。

假如要對歷史上的政治情勢變化進行分析，孟子會將國家的穩定歸功於提倡「仁義」，若是出現動盪則是歸咎於爭奪「利益」。

不知道梁惠王是否有聽進去孟子關於「仁義」的提醒，但這似乎開啟他的好奇心開關，想從孟子那裡得到更多的智慧話語。

因此，習慣以「我問你答」方式進行引導的孟子，先是提出這樣的二選一問題：

「木棒和刀子殺人，有沒有不一樣？」

梁惠王沒有故意說前者攻擊力比較低，後者攻擊力則比較高，而是實在地回應：

「沒有不一樣。」

孟子繼續問：

「刀子和政治殺人，有沒有不一樣？」

同樣都是致人於死，何種凶器的選擇當然不是重點所在，梁惠王給予和之前問題一樣的答案。

無論是木棍、刀子、還是政治，只要是錯誤的使用，都同樣會造成有人被殺死的結果，孟子想要強調惡劣的政治結構，也會成為一件致命的凶器。

尤其是政府官員的貪婪與腐敗，他們常以冷漠的態度處理人民的需求，孟子如此譴責這樣的作法：

「此率獸而食人也。」

一般人看見野獸互相咬噬，都會覺得不舒服，更何況是發現野獸正在吃人，而那隻野獸還是由另外一個人帶領而來的，這可算是另一種形式的同類相殘，正常的人類在情感上都無法接受這樣的行為。

延續著前面的兩個問題，孟子想說的是：

「政治殺人，就是人殺人。」

若是真的想做出好的改變，領導者與政府官員必須明白處理問題的關鍵，不僅是政治理念的實踐，更是要保持良善的初衷，否則會招來不好的結果。

據此，孟子引用孔子對人偶殉葬的嚴厲批評：

「始作俑者，其無後乎！」

因為人偶殉葬是以真人殉葬的一次預告，孔子意識到未來悲劇的出現，才會出現激動的情緒：

「一定會全家死光光。」

但是，遠在商代便已經出現真人殉葬的儀式，所以並非人偶殉葬導致真人殉葬的結果，說不定以人偶代替真人更是一種進步的觀念。然而，孔子針對人偶殉葬的說法，看起來也不像是在讚美這種儀式。

既然不是孔子對未來的預知，更不是支持現在的做法，孟子到底為什麼要特別提到這一段話呢？

讓我們再回到孟子剛剛的問答形式，稍微調整孔子的說法，可能又是一個提問：

「人偶和真人殉葬，有沒有不一樣？」

從不良善的初衷來看，沒有不一樣。

厭世NPC

我們之所以害怕邪惡，原因之一是我們都有成為惡人的可能。

劉義慶
《世說新語・德行》

難兄難弟

攻擊系

釋義　形容同處困境、共同患難的朋友。

厭釋義　一起被處罰的同學

觸發時機：一起倒楣

施展對象：好朋友

施展效果：友情 +10% 親密 +10%
幸運 −100%

技能警示：亦可諷刺兩人同樣差勁，
表現差不多。

進階技能：▶▶ 患難之交、患難與共

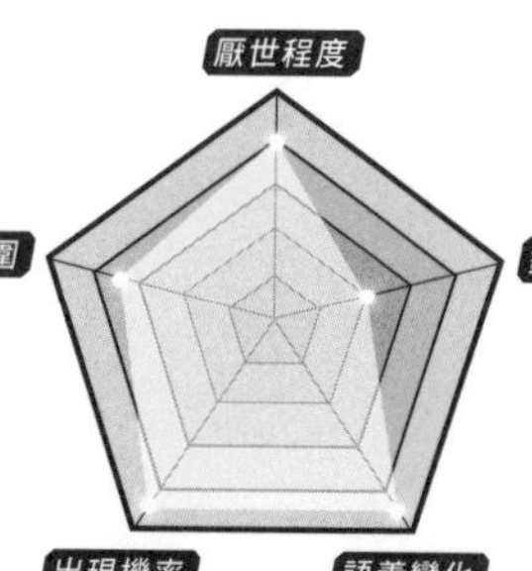

國立編譯館的國中課文，有兩篇文言文是我至今仍有辦法全部默背，一篇是沈復的〈兒時記趣〉；另一篇則是〈陳元方答客問〉，前者仍有收錄於今時的國中課本，後者卻已經不見蹤影，大概出自《世說新語》一書的關係，當中有趣的故事實在太多了，所以有其他更好的選擇，像是〈王藍田食雞子〉就有著生動活潑的人物刻劃。

如果要說刪去〈陳元方答客問〉哪裡可惜的話，或許是「非人哉」一句無法繼續被傳誦下去。當時認為這罵人的話頗有點文藝氣息，類似「誠彼娘之非悅」一樣，非常適合作為認真上課的證明（誤），以及生活實際應用的素養，雖然白話翻譯只是：

「不是人啊！」

羞辱對方的力道還不如真正粗俗的髒話，但在那時的國中生小腦袋裡，已經被視為等同於「廢物」和「人渣」的詞彙。

課文中，陳元方之所以聽到「非人哉」三字，是出自遲到卻惱羞成怒的客人口中，七歲的他竟有勇氣與智慧指正成人的過錯，並且讓對方願意放下優越的態度，試圖向一位孩童表示善意與歉意。換成是我，我只會說：「媽媽十塊。」

聰穎的陳元方，還有一個名為陳季方的弟弟，兩人可是當時品學兼優的模範生代表，再加上他們的父親陳寔更是如此。陳寔不僅善良、公正，甚至還曾原諒過到家行竊的小偷，所以他們被大家稱作「三君」，意思大約是：三個好人。

年紀尚小的孩子，偶爾會出現莫名的競爭意識，除了彼此課業成績的對抗，還會爭執誰的爸爸比較厲害，陳家的小孩也不例外。

陳元方和陳季方長大後，他們的兒子曾各自為父親打上分數，逐一列舉值得誇耀的事蹟，想要在這場競賽中獲得最終勝利。

然而，道德與成就這種無法量化分析的資料，怎麼可能分辨出優勝劣敗，小孩們吵著吵著，忽然想到可以找爺爺陳寔做評審：

「讓爸爸的爸爸評價爸爸，爸爸的爸爸知道誰的爸爸是最好的爸爸。」

聽完一段充滿童真與單純的發言之後，陳寔緩緩說出心中的判斷：

「元方難為兄，季方難為弟。」

哥哥和弟弟表現都很出色，出色到讓彼此都不容易做好自己的角色，以委婉的方式讚美自己的兩個兒子，但不知道這位聰明的老人有沒有也在暗示孫子們，兄弟之間的相處，做好其中任何一個身分都不是簡單的事情，何必一定要分出高下？

甚至，要在大家面前議論自己愛的人，不管回答的內容是讚美或批評，顯然不會

對任何人有什麼直接的好處，反而還可能造成彼此的誤會。

如果可以抬頭看看陳寔的表情，或許會發現他臉上正露出苦笑，牙縫裡擠出細小的聲音：

「兄弟難為，老爸為難！」

厭世NPC

知道有人與自己一樣痛苦，彷彿平分了痛苦的重量。

孟軻
《孟子・梁惠王上》

五十步笑百步

攻擊系

釋義　比喻自己和別人有同樣的缺點或錯誤，卻自以為是而譏笑別人。

厭釋義　我最討厭兩種人：相信星座的人和天蠍座

觸發時機：自己爛，還想笑別人。

施展對象：一樣爛的夥伴

施展效果：傲慢 +10%
嘲諷 +20%

技能警示：一樣優秀的狀態不適用此成語

進階技能：▶▶ 半斤八兩、相去無幾
▶◀ 天壤之別

厭世程度
錯誤頻率
語義變化
出現機率
應用範圍

戰國梁惠王充滿信心且無知地等著孟子打臉。會出現如此荒謬的場景，是因為他問了一個爛問題：

「不公平，為什麼我沒有聽到讚美？」

認為自己治國的努力受到殘酷的嘲諷，證據在於人民沒有增加，其他國家的人民也沒減少，像是認真讀書的學生卻沒得到應有的好成績，反而還跟到處玩耍的同學相同分數。

梁惠王曾經運輸食物解決飢荒，或是協助難民離開災區，在那些不好的年歲裡，身為國君已經做到最好的狀態，已經無法再更上一層樓，所以才會抱怨得不到人民的信賴。

聽到這樣的疑問，孟子心中白眼翻到後腦勺，但孟子不說，反而體貼地用梁惠王喜歡戰爭來做比喻：

「棄甲曳兵而走，或百步而後止，或五十步而後止。以五十步笑百步，則何如？」

戰爭敗逃的人有兩種，一種跑一百步，另一種跑五十步，那麼當他們都決定停下

的時候，因為逃跑的距離比較短，後者可以嘲笑前者嗎？

梁惠王回應：

「五十步也是逃跑啦！沒有比較好。」

其實，這個比喻是孟子挖洞給梁惠王跳，而對方也很老實地配合演出，掉進孟子的語言陷阱裡。

這是一個連沒有道德都能自我感覺良好的時代，孟子試著提醒梁惠王：

「你正在否定你自己的行為。」

因為逃跑五十步和一百步，看似不同，但本質完全一樣，梁惠王與其他國家的國君也是如此，依照孟子的道德標準，都是處在政治及格線以下的位置。換句話說，梁惠王沒有這麼好，只是沒有那麼爛，比較令人擔憂的是：不知道自己爛。

因此，孟子繼續補充說明，那一條政治及格線是畫在這個地方：

「養生喪死無憾。」

我們常常會發現，自己原本是為了追求更好的生活才開始努力，但是回過頭卻發現真實的人生不是如此，只要能夠好好活著、好好死去，便已經是很難得的成功了。

對此，孟子還加上一個評語：王道之始。

所謂「王道」乃是與「霸道」相對而言，係指不同的政治處理原則，若用言情小

說做為區別，王道像是騎士般的男配角，默默守候著女主角；而霸道則是不講理的總裁男主角，總想用力量使他人屈服。

每位王者心中都有個中二男主角魂，希望自己成為霸道的男人。向來習慣長篇大論的孟子，又將話鋒繞回一開始的問題，直接打臉梁惠王：

「你總覺得失敗都不是自己的錯。」

即使梁惠王沒這麼說，但孟子知道他會這麼做，將經歷災荒的亡者，推向給年歲的無情，而不是自己無能，正如同拿刀殺人的兇手一樣，不停地拒絕承認謀害一條生命，反而推託給手中那一把無生命的刀：

「是刀，不是我。」

厭世NPC

人一出生就是膽小鬼，需要歷經苦難才能得到勇氣。

肆、詛咒系

盲人瞎馬

病入膏肓

行將就木

同歸於盡

危險死亡術

米珠薪桂

每下愈況

家徒四壁

生不如死術

濫竽充數

一暴十寒

注定失敗術

杯弓蛇影

動輒得咎

疑慮恐懼術

劉義慶
《世說新語・排調》

盲人瞎馬

詛咒系

觸發時機：注意！危險在身邊。

施展對象：搞不清楚狀況的人

施展效果：迷惑 +10%
清醒 −10%
危險 +20%

技能警示：不只是危險，
更是沒注意到危險。

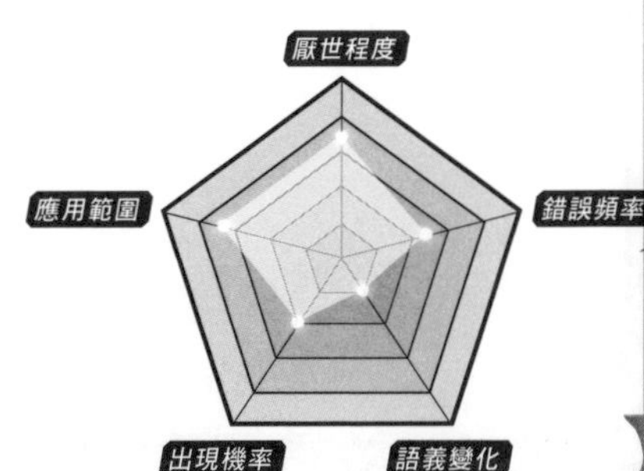

說個笑話：厭世國文老師很帥。

網路鄉民為了嘲諷某些人、事、物，會用這種方式來形容，意思是把對方看成一個笑話，無論接續多麼正面的形容，都是一種間接的諷刺。

《世說新語》裡的〈排調〉像是網路鄉民的發文，也是在「說個笑話」，內容非常豐富，不單只是為了嘲諷，還有敘述一些聽聞到的名人趣事，收集了不少他們相互調侃、戲弄、幽默的文字。

某日，桓玄、殷仲堪，還有顧愷之三人聚會，雖然魏晉時期的知識份子都很會尬聊，但應該還是有一個說話內容的極限範疇。隨著時間經過而逐漸無話可說的三人，開始玩起只需要出一張嘴的聯想遊戲。

首先是作「了語」，說一句關於「終了」的話。

顧愷之第一個舉手：

「火燒平原無遺燎。」

大火燒光平原，連一根可以當作火把的樹枝都沒有，這當然可以視作一種「生命

的終了」。

或許是受到顧愷之的啟發，桓玄接著說：

「白布纏棺豎旒旐。」

包裹著白布的棺材，前方還有引路招魂的旗幟，也是代表「生命的終了」，不過顧愷之提到的是草木的燒毀，而桓玄則是將意義指向年壽的盡頭。

但殷仲堪不同於兩位朋友描繪的死亡圖像，反倒是以「投魚深淵放飛鳥」一句，透過敘述放走游魚與飛鳥的行動，表示出「限制終了」的開闊生命。

在趣味的生產過程中，語言的排列、編寫，以及重新詮釋，能夠發現智識與哲思的並存。

接著，意猶未盡的三人繼續以「危語」為題，以一句話代表危險的狀況。

這次，桓玄先說：

「矛頭淅米劍頭炊。」

在刀口上生存已經是不容易的事情，但他卻是要在刀口上煮飯，緊張感瞬間加倍。

殷仲堪不談戰爭的危險，改說日常的危機：

「百歲老翁攀枯枝。」

體弱的老人走路都有問題，還堅持要往樹上爬，甚至還抓住一根枯枝支撐自己，

隨時可能摔死在地上，也是會令人看到而捏一把冷汗。

最後輪到顧愷之說話：

「井上轆轤臥嬰兒。」

轆轤是指汲水工具，幾根木頭架立在井口，而嬰兒躺在上面，承載的面積狹小，重心也容易不穩，自然是高度危險的情況。

按道理，你一言我一語的遊戲到此結束，但旁邊一位殷仲堪的參軍竟然亂入參加這一個遊戲：

「盲人騎瞎馬，夜半臨深池。」

如果當時有裁判，大概會被指責違規，明明大家都只說一句，這位參軍竟然說了兩句。

不過，沒有人在意規則，而殷仲堪聽到後臉色大變說：

「咄咄逼人！」

因為他曾經侍奉生病的父親多年，某次炮製湯藥的時候，大概是沒有做好安全管理，又心疼父親臥病在床，不小心用碰過藥劑的手，去抹拭眼角的淚珠，結果一顆眼睛從此失明。

殷仲堪自然對於盲人瞎馬的狀況感同身受，而這句「咄咄逼人」是晉人的口頭

禪，有點類似現在的「怕爆！」或是「驚！」等驚嘆之詞。後來則以此形容情勢險惡，使人畏懼。

從另外的角度來看，這位參軍間接把殷仲堪視為調笑嘲弄的對象，殷仲堪本來就因為瞎掉一目而感到自卑，曾經以相貌醜陋作為拒絕顧愷之為自己畫像的理由。因此，從咄咄逼人一句，也許能感受得到殷仲堪想要表達的不滿。

如果置換成網路鄉民的用語，那位參軍插嘴的「危語」會以另外一種諷刺的形式展現。

說個笑話：殷仲堪騎馬一點也不危險。

厭世NPC

最危險的事，是相信魔鬼的約定，以及人的承諾。

左丘明《左傳》

病入膏肓

厭釋義 不想上班時，請假的理由。

釋義 比喻人、事已到無可挽回的程度。

觸發時機：快死掉了、再也撐不下去了

施展對象：任何即將完蛋的人事物

施展效果：生命 −100%

安全 −100%

技能警示：病入膏（盲）

進階技能：▶▶ 不可救藥、群醫束手

▶◀ 不藥而癒

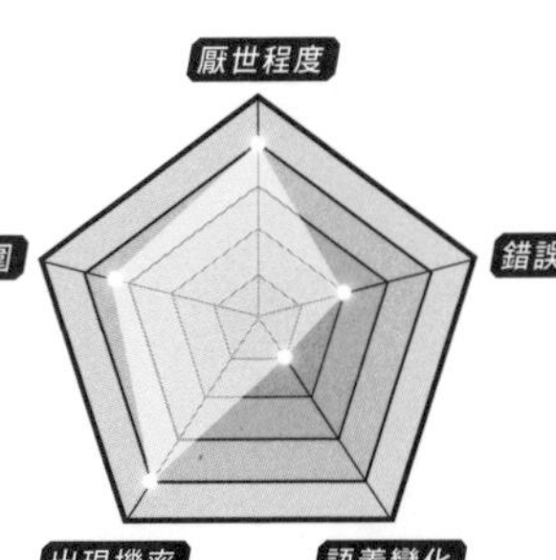

夢是現實中焦慮的反映，以及欲望的投射。

晉景公做了兩個夢。

第一個夢彷彿是恐怖片的詭異劇情，一位長髮及地的鬼魂，劇烈地搥胸和跳躍，發出痛苦的哀鳴：

「啊啊啊啊啊啊啊！我要報仇，這是老天的意思。」

然後一路摧毀大門、房門，走近晉景公的身旁，他正如恐怖片裡的主角一樣，每次遇到鬼怪或殺人魔，通常會放棄抵抗的權利，選擇迅速逃離現場，最後再被逼向無處可退的困境裡。

在夢裡瑟瑟發抖的晉景公醒來後，馬上找巫人占卜此事，得出的結果是：

「你吃不到新收成的麥子了。」

這跟「見不到明天太陽」一樣，巫人是在預言晉景公的死亡。

即使是詢問巫人的意見，但晉景公沒有認為身體不舒服，只要收驚和喝符水就會好，還是知道要去找醫生治療，而且必須要最好的那一位。

聽說秦國擁有當時最厲害的醫療團隊，優秀程度或許像是漫畫《醫龍》那樣，可以執行各種困難的手術，晉景公便向秦桓公商借一位醫師，希望能夠讓自己痊癒。

於是，醫緩來了，緩是名，醫則是職業。

在此之前，晉景公做了第二個夢。

這次是疾病擬人化的夢，中華民國疾病管制署曾將各種疾病繪製成帥哥美女的模樣，而晉景公則是將疾病想像成可愛的小孩。

其中一個小孩說：

「糟糕！有厲害的醫生來，我們會不會死掉？」

另外一位小孩回答：

「居肓之上，膏之下，若我何？」

無論遇到再怎麼高明的醫生，趕快躲在身體中的「肓」與「膏」二處附近，大約是心臟和橫膈膜之間的位置，如此便不需要擔心會被消滅。

不久，醫緩見到晉景公，無奈搖搖頭：

「沒救了。」

重複與晉景公夢裡一樣的對話，判斷疾病已經蔓延到「肓」與「膏」，無論使用藥物或是針灸都無法發揮功效。

醫緩彷彿是特地前來宣告死刑，晉景公發現這與夢境狀況相符合，於是接受自己的惡劣病情，不僅讚美對方是優秀的醫生，還贈送許多高級伴手禮。

生理的狀況以夢的形式展現，晉景公知道即將走向生命盡頭，卻依舊想對抗巫人的預言，硬是把新收成的麥子煮熟後，端到巫人的眼前，想要表達的意思是：

「你說我吃不到，我現在吃給你看。」

一邊舉起筷子，一邊處決巫人，正當晉景公準備吃下第一口的時候，突然肚子很痛，要先去廁所上個大號，結果不小心掉進馬桶死掉了。

死亡的起因與結果，或許可以比想像的還要不可思議。

厭世NPC

沒有力氣取得的事物，
就不要浪費力氣了。

左丘明《左傳》

行將就木

觸發時機：有人快要死，但還沒真的死。

施展對象：老人，或是精神呈現老化狀態。

施展效果：肉體老化 +20%

精神老化 +20%

技能警示：「行」= 不久

進階技能：▶▶ 日薄西山、風燭殘年

▶◀ 如日方中、如日東升

來日方長

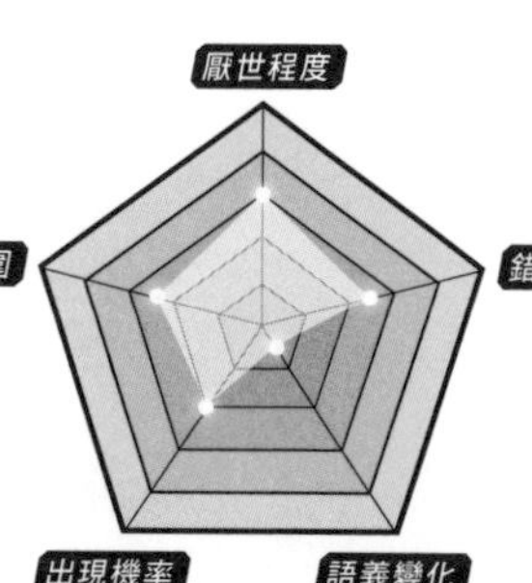

等待一個人，你願意花多久的時間？聽一首歌、抽一根煙，或是喝一杯咖啡？重耳的妻子季隗願意以死作為結束等待的那一天。

在重耳還沒成為未來春秋五霸之一的時候，被後母驪姬討厭與排擠，她打的如意算盤是讓自己親生兒子奚齊繼承大位。

假使驪姬有面魔鏡，應該會問：

「魔鏡，魔鏡，最該成為晉國國君的是誰？」

但誠實的魔鏡會先說是太子申生，再說是公子重耳和夷吾，奚齊只能排到隊伍的後方。

於是，驪姬設計陷害申生走向自殺絕路，再逼使重耳和夷吾分別逃亡到蒲、屈二城，他們成為不幸落難的王子。

不知道怎麼回事，重耳和夷吾明明是被迫離開自己的國家，卻被當成是沒禮貌的不辭而別，他們的父親晉獻公不僅感到生氣，還懷疑背後藏有陰謀。

根據左丘明《左傳》記載，當晉獻公派兵攻打重耳所在的蒲城之時，由於重耳平

時深受百姓愛護，大家紛紛要為他抵抗敵人，但重耳卻選擇：

逃跑。

眼前擁有的一切全是父親給予的力量，即使非常微弱或渺小，但若以這股力量對抗父親，他認為是非常沉重的罪惡。

聽說那個時候，重耳是翻牆逃離追殺的。

「該往何處去？」眼下最合適的選擇，是重耳母親的故鄉：狄。

重耳母親名為狐姬，狄是狐氏一族的所在地，回到自己親人曾經生長的地方，似乎很合情合理，更何況舅舅狐偃也在身邊，理應會受到溫暖的對待與關懷。

果然，狄人不僅給予重耳一個躲藏的空間，甚至幫忙尋找合適的結婚對象，畢竟他到這裡的時候，已經四十多歲的年紀了。

所以，重耳和名為季隗的女子成為夫妻，就這樣過了十二年，直到已經重回晉國成為國君的夷吾，想要維護好不容易獲得的權力，派人追殺自己的哥哥重耳，這才讓他不得不重新思考未來的安排。

「到齊國吧！」這是重耳和部屬們討論後的結果，在尚未擁有保護自己的實力之前，只能夠依附強大的對象，試圖藉此找到逆襲的機會，成就更遠大的理想。

離開前，重耳對季隗說：

「等我二十五年，如果沒回來，你再找個好對象吧！」

不知道為何是二十五年，大概是季隗此時二十五歲吧！重耳隨口說個加倍的年紀為期限，就像卡通《寶可夢》裡的小智要比雕等他回來一樣，其實內心應該是不希望妻子改嫁他人。

季隗怎麼不了解眼前共同生活十二年的男人，於是回答：

「我二十五年矣，又如是而嫁，則就木焉，請待子。」

就木是指進到棺材裡，代表死亡的意思。

那麼等待一個人，可以耗費多久的時間？季隗會說：

「請讓我等你，到死為止。」

厭世NPC

人們必定向生命的終點前進，自己卻永遠看不見終點，不知道何時死亡，這是幸福的祕密。

獨孤及
〈祭吏部元郎中文〉

同歸於盡

詛咒系

釋義　一同毀滅或死亡。

厭釋義　考試幹嘛讀？一起打電動啊！

觸發時機：計畫與對方一起墮落或毀滅

施展對象：打不過的敵人、提出分手的情人，以及任何嫉妒的對象。

施展效果：威脅 +10%
恐嚇 +10%

技能警示：注定是悲劇

進階技能：▶▶ 玉石俱焚、芝艾同焚
蘭艾同焚、同歸一燼

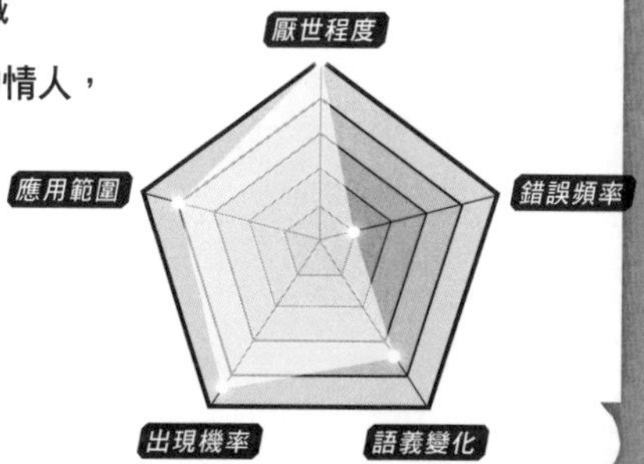

厭世程度
錯誤頻率
語義變化
出現機率
應用範圍

由於無法體驗與重複死亡，人們不是嘗試跳脫生與死的框架，就是眷戀著每一次的呼吸與心跳。

高中時，若是你有讀到韓愈提倡古文運動，應該會記得「文以載道」（雖然不是韓愈說的），還有「排佛斥老」等說法，但比他稍早一些的還有獨孤及，提出相似的主張，同樣是以「宗經明道」作為寫作的理念與方向。

根據《新唐書》的記載，獨孤及小時候已經頗有遠大的志向，一邊讀著《孝經》，一邊向父親宣告自己將要：

「立身行道，揚名於後世。」

期待能認真做好一個人，也做一個好人，並且成為後世學習的模範。

這真是了不起的宣言，小時候的我從來沒有意識到正直與誠實的重要性，更別提是想要做一個好人，甚至無法分析所謂的「好」到底需要什麼條件，所有的良善與道德，都是在成長的過程裡，經驗無數次的愛人與被愛、傷人與受傷，才能有那麼一點點的心得。

好人是什麼？我現在依舊不知道。

不過，想要證明自己的厲害與優越，是取得內在人格的勝利，而不單純是外部環境的刺激。

擁有成為「好人」想法的獨孤及，在面對死亡的發生時，完全坦承與接受自己的平凡與無能為力。他在〈祭吏部元郎中文〉如此說道：

「知生死若幻，而不能忘情於其間者，我輩所不克免。」

那麼，人們有機會抵抗對於死亡的恐懼嗎？

獨孤及認為：「知道，但做不到。」生命無常，變化迅速，在還沒意識到的時候，死亡往往已經降臨。

不管多麼優異的人，也會在一瞬間被捲入時間的灰燼之中。

獨孤及再以彭祖與殤子為例，提到他們：

「同歸於盡，豈不知前後相哀，達生者不為歎？」

前者相傳活了八百歲，後者則指未成年而夭折的嬰孩，彼此活著的時間相距甚遠，但最後一樣會走到人生的盡頭，隱沒在無窮盡的黑暗裡。

走不一樣的路，到一樣的終點。

如果你真的懂得生命，便不會因此感到悲傷難過。

然而，悲傷難過的是：我們無法真的懂得生命。

悲傷依舊悲傷，難過還是難過，悲傷至親好友的天人永隔，難過自己的眷戀不捨。

或許，獨孤及領悟的「好人」，不是什麼充滿正能量的發光體，而是想：

「好好當個人。」

說起來簡單，但也不容易。

回到「同歸於盡」這一句成語，最開始的說法是：我們都會死，不是我們一起死。

厭世NPC

末日那一天，我們終將死亡，被遺忘的時候也是如此。

劉向《戰國策》

米珠薪桂

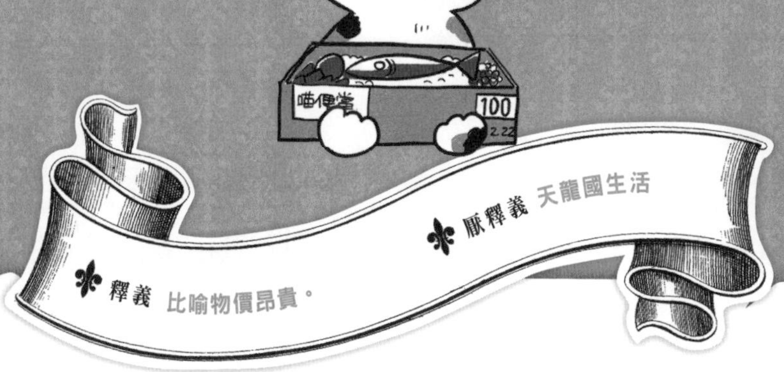

釋義 比喻物價昂貴。

厭釋義 天龍國生活

觸發時機：發現一塊雞排要七十塊，以前只要三十五塊。

施展對象：薪水數字沒變，發現能買的東西變少的人。

施展效果：生活品質 -100%

技能警示：米珠薪(貴)

進階技能：▶▶ 長安居大不易

▶◀ 價廉物美

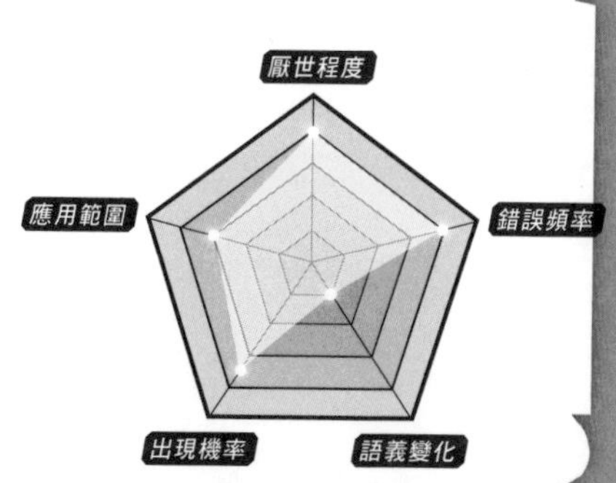

「問多少錢，代表你買不起。」傳聞真正的有錢人會說出這一句話，或許是想要的東西就跟愛情一樣，不應該用金錢衡量，也不應該提出任何疑問。

準確來說，任何事物的價值，都無法被輕易地拆解成幾個數字，甚至當學生問老師學這個科目有什麼用的時候，類似的語句也可以做為答案：

「問有什麼用，代表你學不來。」

人們終其一生都很注意時間，敏銳地關心生活與工作的效率，深怕浪費時間在錯誤的地方，就像學生擔心努力無法獲得回報，出社會的成人也會因為在意勞動的時間與金錢的多寡，衡量兩者之間的關係後，開始焦慮日常食衣住行的消費型態。

戰國時期，蘇秦向楚王抱怨楚國物價太高，但臉上完全沒有任何的煩惱，彷彿是在進行一場即興的戲劇表演，關於時間與金錢的語句，不過是舞台上的需要而已。

稍微將時間往前倒轉一點，原來蘇秦抵達楚國之後，等待三個月才見到楚王，讓他感到十分不爽，簡單交代想說的事情後，準備立刻離開這裡。這讓楚王感到疑惑：

「難得來，幹嘛急著走？」

不知道楚王是不是也在扮演一位親切的國君，假意地表達自己的關心，但蘇秦的舉動很明顯是在表演，突然地向楚王辭行，以不合常理的行為吸引對方注意，進而找到機會表達內在感受。

不過，在政治舞台上，即使是說出心底話也是需要製造戲劇性，使人感受到強大的衝擊力，蘇秦裝成擔憂存款不足的模樣說：

「食貴於玉，薪貴於桂。」

路邊買個食物來吃，像在高級百貨公司挑選寶石首飾；採購日常需要的木柴，根本是買高級家具的材料，這種高消費的國家，到底誰能夠住得下去？

蘇秦似乎在解釋離開的緣由，但接下去的話才是重點：

「想見你們一面，和看見鬼神一樣困難。」

雖然台詞與演技略嫌浮誇，但依舊收到良好的效果，楚王知道前面關於什麼物價太高、存款不夠的說法，皆是蘇秦用以鋪陳被忽略的不爽心情，而這場表演目的更是要增加現在和未來外交談判的籌碼，刷一波存在感，強化自己的無形價值。

從年輕讀書的時候，蘇秦就很有表演的欲望，也意識到肢體語言在職場的重要性，曾經耗費精神研究《太公陰符》一書，不僅趴在桌上背誦，還站起來模擬演練內容，跟我當年準備教師甄試有八成相似。

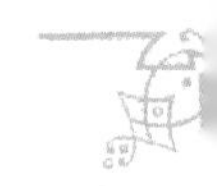

為了成為戰國舞台上的明星，蘇秦犧牲睡眠時間繼續用功讀書，還以虐待肉體的方式振奮精神：

引錐自刺其股，血流至足。

股不是屁股，而是大腿。現在學生若要專心讀書，大概會嘗試拔掉網路線，或是刪除手機裡的遊戲程式；但蘇秦是直接拿錐子猛刺大腿，血流再多也不怕，根本隱藏被虐屬性。

一年後，蘇秦終於成功將自己帶到政治舞台上，並且真正成為一顆璀璨的明星，幾句說話便讓楚王改正態度，禮貌地迎接他的來臨。

曾經付出的時間，終究會換個方式回報自己。

厭世NPC

在活得下去和活不下去之間，還有一段叫做「勉強活下去」的區段。

莊周《莊子·知北遊》

每下愈況

詛咒系

觸發時機：一天比一天更糟糕

施展對象：無法挽回的一切

施展效果：衰敗 +10%

鬥志 −20%

技能警示：不是「每況愈下」

進階技能：▶▶ 江河日下

▶◀ 日就月將、蒸蒸日上

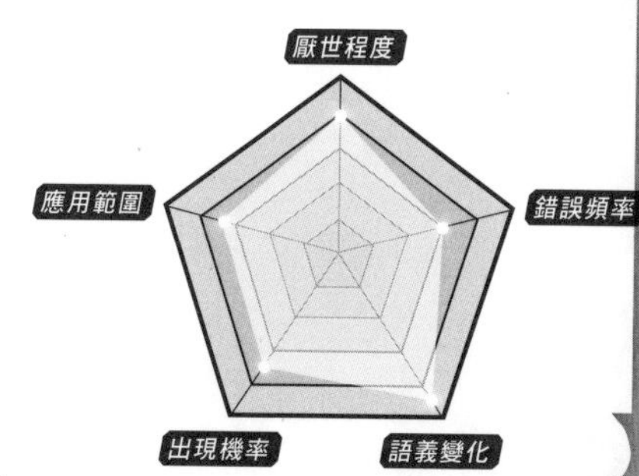

「道，在哪裡？」

東郭子向莊子問了這一個問題，但也不知道是在什麼時間、空間，以及前因後果，大概像網路上會收到的匿名訊息，通常沒有前言和後語，只有孤獨的一個問句，與其說是詢問，反倒更像一種質疑。

莊子應該時常應付這類型的挑戰者，於是有點冷淡地說：

「無所不在。」

這句話頗為含混，如同你向家人報備出門的行蹤，只以「朋友」和「外面」作為回答，或是你問男／女朋友晚餐吃什麼？卻聽到一句「隨便」。

東郭子期待具體的描述，認為必須指認出道存在的位置，才算是擁有說服的證據，但卻得到莊子籠統的解釋。於是繼續追問：

「你能不能再講清楚一點？」

這裡無法分辨是假不懂，還是真不懂。畢竟，有些人喜歡以假不懂當作為難別人的手段，但莊子還是體貼地給予比較具體的答案：

「在螻蟻。」

螻蟻分別指螻蛄及螞蟻，意思是道存在於細微之處，但東郭子似乎是真不懂，覺得這種常見的昆蟲，怎麼可能蘊含宇宙至理呢？

「怎麼可能在這種低賤的地方？」

面對又一次的詢問，莊子繼續說：

「在稊稗。」

剛剛是蟲子，這次的答案則是兩種農作物，讓東郭子更摸不著頭緒，道怎麼不停變換所在的位置，而且似乎越來越偏離正確的目標。

「別鬧了，怎麼越來越低賤？」

莊子像是老師懲罰抱怨作業太多的學生，只要聽到疑似抗議的聲音，隨即加重作業的份量，接著從「瓦甓」說到「屎溺」，越說越低賤，最後停在屎尿這種穢物之上。

東郭子開始不爽了，覺得你是不是故意刁難，如果不想說你可以不要說，何必如此隨便回應，於是以沉默作為抗議。

或許感受到空氣逐漸凝結，莊子終於願意完整地做出說明，先是怪罪東郭子沒有問到重點，並且認為自己是在模仿市場的管理人員回覆長官的疑問：

「怎麼判斷豬肥不肥？」

答案是以腳踩踏豬最難肥的部位，而越往下方就越難肥，而若是發現「每下愈況」的狀況，也就是下方最難肥的部位竟然肥到不行，那麼代表這是一隻超級肥胖的神豬。

一樣的道理，莊子是故意要東郭子注意低賤的地方，如同注意豬隻下方的部位，可以從那個位置肥肉堆積的狀況，判斷整體的胖瘦，而若是能觀察「屎溺」等低賤事物，那麼也會發現無所不在的道。

道與萬物相互依存，彼此之間有著緊密的關係，道無法脫離萬物，萬物也必定蘊藏道，若是連最低賤的事物都有機會發現道，那麼何必執著於其他難以接近的事物，更代表不用被所謂正確、唯一的解答限制。

人的力量有限，無法認識全世界，必須從細微的地方，逐漸推理與拼湊出完整的巨大輪廓。

一旦明白，道即自由，人亦自由。

厭世NPC

明天不會比較好，所以要把握今天。

家徒四壁

釋義　形容家境極為貧困。

厭釋義　發薪日前一天

觸發時機：錢包沒錢變成裝飾品的時候
施展對象：窮人
施展效果：金錢 -1000%
技能警示：家（圖）四壁
進階技能：▶▶ 一貧如洗、四壁蕭條
室如懸磬、家貧如洗
▶◀ 金玉滿堂、家財萬貫
富甲一方、腰纏萬貫

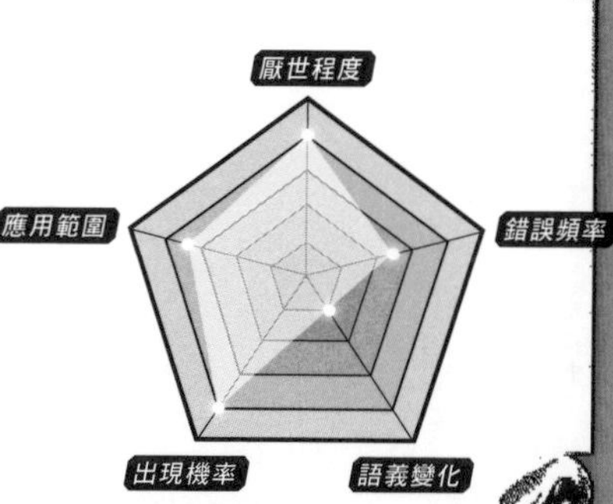

司馬相如是一個撩妹高手，即使他天生口吃，經濟條件也不好，但憑著文學和琴藝的才華，還是成功抓住女孩兒的芳心。

未來以〈子虛賦〉獲得關注的司馬相如，小時候喜歡讀書和擊劍，後來擅自把名字改成「相如」，大概是那種班上成績不差的運動型男孩，聰明好動又有主見。

司馬相如沒有得到漢景帝的提拔重用，卻在梁孝王那裡找到一群志同道合的夥伴，過了幾年愉快的日子。

然而，梁孝王過世之後，司馬相如像是靠著業配維生的網紅一樣，一旦沒有廠商提供贊助，那也只能黯然回家吃自己。

司馬相如光靠吃自己一定會餓死，畢竟除了寫作之外，他沒有任何維生的技能，只得暫時寄生在朋友王吉處。

身為縣令的王吉，安排司馬相如住在公家機關提供給路人的宿舍裡，並且一起合謀設下愛情陷阱，進行婚姻詐騙的犯罪（誤），鎖定的對象是富豪卓王孫的女兒：卓文君。

首先，司馬相如的人物設定是一位高冷的文藝青年，而王吉則是扮演瘋狂粉絲，不斷以縣令的身分邀請與拜訪司馬相如，成功讓卓王孫誤以為司馬相如是難得一見的高級知識份子，準備為他們舉辦一場派對。

但司馬相如繼續維持高冷形象，不願意參加這種庸俗的派對，瘋狂粉絲王吉當然要瘋狂騷擾（？），最後司馬相如以一種被迫前來的姿態登場。

接著，進入婚姻詐騙計畫的重要階段，由於卓文君才剛成為寡婦，應該還沉浸在悲傷裡面，王吉知道她喜愛音樂，於是在派對上找了機會，讓司馬相如以琴聲挑逗芳心，讓她迷戀上眼前這個音樂才子。

套用一段周星馳電影的台詞，這個時候司馬相如的人物設定是：

他高傲，但宅心仁厚；他低調，但受萬人景仰，他可以把神仙賜給人類的琴運用得出神入化，可以彈出堪稱琴之藝術的超級樂音，他究竟是神仙的化身，還是地獄的使者，沒人知道！

司馬相如成功擄獲卓文君的愛，在某天夜裡一起私奔回老家，而《史記》描述「老家」的狀況是：

「家居徒四壁立。」

何止是老家，根本是老宅，看起來隨時要被建商都更的模樣。

知道女兒落入愛情陷阱，卓王孫堅持不和婚姻詐騙犯司馬相如妥協，拒絕提供任何的經濟支援。

最後，計畫來到最後一步，司馬相如重回卓文君的故鄉，耗費畢生積蓄，在那裡開了一間小酒吧。

「妳當美豔酒促小姐，我當外場服務生。」

司馬相如穿起跟內褲沒太大差別（好啦！還是有差別）的犢鼻褌，辛苦地招呼進來的客人，而卓文君則負責倒酒的工作。

這讓有錢人卓王孫感到丟臉，哪有富家千金拋頭露面打零工、當酒促的道理，最後還是送出鉅款給女兒和女婿。

至此，司馬相如的婚姻詐騙計畫順利完成，終於可以遠離那間廢棄的老舊住宅，過著超乎想像的舒適生活。

厭世NPC

寧可做金錢的奴隸，
也不要當貧窮的主人。

韓非子〈內儲說上〉

濫竽充數

釋義　用於比喻拿不好的東西充場面。

厭釋義　藝術展覽旁邊商店販賣的紀念品

觸發時機：混在優秀群體中的廢物

施展對象：很會裝模作樣的人

施展效果：耍廢 +20%

隱藏 +10%

謙虛 +10%

技能警示：亦用於自謙，比喻自己才德不足。

在群體裡，我們之所以孤獨的原因，除了缺乏與周圍的人產生連結，還有自身能力的不足，這使得自己成為隱藏的角色，好處是不被注意，壞處是不被在乎。

南郭處士正慶幸自己的不被注意。

齊宣王喜愛聽竽這種吹管樂器的聲音，當時在宮廷與民間皆十分常見，但這位曾向孟子請教的君主，表面看起來謙虛有禮，實際上卻有稱霸天下的野心。

民間曾流傳齊宣王娶了醜女鍾離春為王后，根據《列女傳》的描述：

「其為人極醜無雙，臼頭，深目，長壯，大節，卬鼻，結喉，肥項，少髮，折腰，出胸，皮膚若漆。」

簡單講就是一個長得像「黑色佩佩豬」的女子，但鍾離春卻能給予齊宣王正確的政治決策，讓國家恢復安定的狀況。

這樣一個只愛江山不愛美人的齊宣王，也喜歡聲勢浩大的樂隊演奏，所以認為要有三百位吹竽的樂師，才能展現尊榮不凡的身分地位。

不會吹竽的南郭處士抓緊這個機會，混入齊宣王的吹竽樂隊裡，反正只要跟著其

他樂師做出相似的動作，肯定沒有人可以發現當中有一位是在裝模作樣。然而，齊宣王提供優渥的薪資待遇，南郭處士完全沒有符合條件，卻占據了其中一個位置。

事實上，南郭處士站在一個容易遭受攻擊的範圍之內，砲火可能來自樂隊或是齊宣王，一不小心會被發現自己的無能，進而迎來群體的排擠，以及權力者的懲罰。

不過，南郭處士竟逃離了排擠與懲罰，維持表面的假象到齊宣王去世。接任的齊湣王與自己的父親不同，喜歡吹竽樂師的獨奏，大概如此才可以聽到純粹的樂音。

這時候，南郭處士驚覺狀況不妙，畢竟是倚靠群體掩護而維持生存，若是失去這一層的保障，完全曝露在外部的將會是真實且無能的自己。

在長期結構性的錯誤之中，一旦有人改進與彌補，那麼在逐漸回歸正軌的路徑上，特別明顯的會是那群即將被淘汰的落後者。

南郭處士在被淘汰前，選擇逃跑。

厭世NPC

隱藏有兩種方式：一種是讓別人找不到，另一種則是讓別人以為找到了。

孟軻《孟子・告子上》

詛咒系

一暴十寒

釋義　比喻人學習或工作不能有所堅持，缺乏恆心。

厭釋義　這餐吃完，就開始減肥。

觸發時機：輕言放棄的瞬間

施展對象：三分鐘熱度的自己或別人

施展效果：毅力 −10%

效率 −10%

技能警示：一（瀑）十寒

進階技能：▶◀ 夙夜匪懈、孜孜矻矻

持之以恆、鍥而不舍

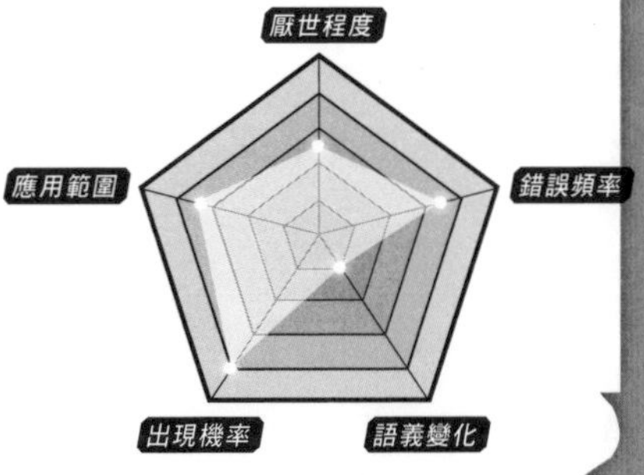

厭世程度

錯誤頻率

語義變化

出現機率

應用範圍

人的聰明或愚笨，兩者與成功之間的差距並不大，關鍵在於能否把心思完全放在目標上。

孟子面對齊王宣稱自己不夠聰明，而無法達到預期效果，立刻幫他卸下那些壓在肩膀的內疚感與罪惡感，認為不是資質的問題，而是專注的程度不夠：

「雖有天下易生之物也，一日暴之、十日寒之，未有能生者也。」

再怎麼容易生長的植物，若是遭遇極端的環境，日照與溫度條件劇烈地變動，必定會降低存活的機率。

換句話說，孟子與齊王相處的時間太少，無法長時間給予溫暖、良善，以及正直的建議，而陰冷、邪惡，以及卑劣的想法則會趁虛而入，齊王那一顆幼苗般的「初心」，逐漸被錯誤的認知影響，自然無法茁壯成熟。

「你會下棋嗎？」

接著，孟子以地表最強棋士弈秋的教學作為例子，強調專注是一種重要的能力。

假使有兩位學生都在弈秋的棋藝補習班上課，一位認真聽講，不僅抄寫黑板上的

筆記，還會思考課程內容裡的問題；另外一位則「假裝」認真聽講，腦袋裡一直想著要出去打籃球、玩手遊，或是晚上要去哪間百貨公司逛街。

戰國時代沒有籃球、手遊、百貨公司，孟子是如此描述沒花心思上課的學生：

「一人雖聽之，一心以為有鴻鵠將至，思援弓繳而射之。」

表面看起來是在學下棋，但心中卻是不斷模擬如何拿弓箭射下飛近身旁的大鳥，這樣的話，即使兩人在同一間教室、同一個時間，向同一位教師學習，卻會出現不同的成果，沒認真聽講的學生必定無法有好的表現。

在學習的過程裡，失去專注的能力，彷彿把精神放逐在遍布藤蔓、灌木、昆蟲，以及動物的熱帶叢林裡，任何的動靜皆會奪取自己有限的注意力，外界的一切成為雜訊，不斷干擾精神的集中與整合。

暗示齊王除了外部環境的調整之外，也必須提升自我的意志力，才可以持之以恆地完成原本設定的目標，所謂的資質與天賦，都不過是檢討自己失敗或誤判他人成功的藉口。

其實，孟子更想對齊王說的是：

「你不笨，你是沒恆心又不專心。」

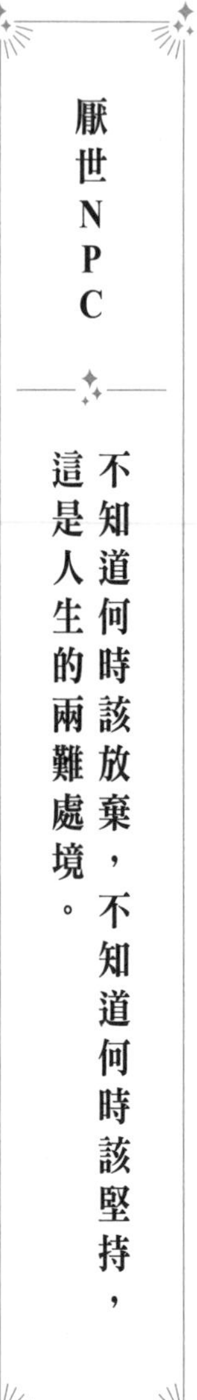

厭世NPC

不知道何時該放棄，不知道何時該堅持，這是人生的兩難處境。

應劭《風俗通義》

杯弓蛇影

詛咒系

釋義　比喻為不存在的事情枉自驚擾。

厭釋義　出門後覺得家裡瓦斯沒有關。

觸發時機：自己嚇自己

施展對象：膽小鬼

施展效果：疑心病 +20%

技能警示：杯弓（舌）影

進階技能：▶▶ 風聲鶴唳、草木皆兵、疑神疑鬼

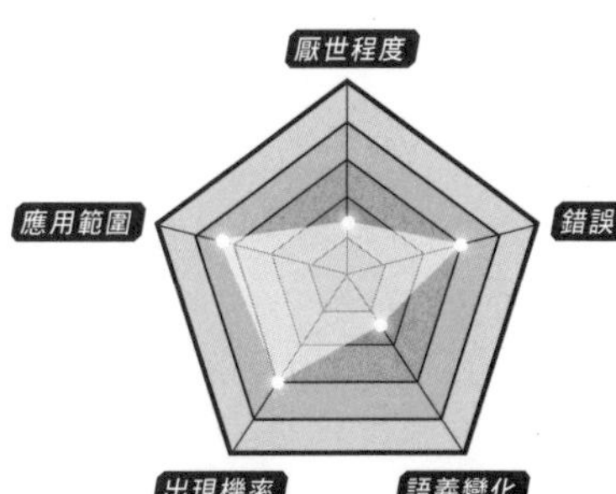

長官請喝飲料，應該是一件高興的事情。然而，東漢的杜宣拿起眼前飲料，卻顯得有點害怕。

這一天是夏至，是陽氣消弱的開始，也是日影最短的時候。

不是因為溫度升高，也不是暑氣蒸騰的關係。杜宣額頭冒出幾滴汗珠，他發現：

「杯子裡有蛇。」

但就跟大部分的社畜一樣，面對長官的要求，不管是有理還無理，都會盡可能地完成。在公司，社畜的選項只有：

一、同意或非常同意。

二、接受或欣然接受。

不敢抗拒長官賞賜的杜宣，用力地深呼吸一口氣，勉強將有蛇的飲料喝光。

別人的是奶茶加珍珠，他的是美酒加小蛇。你點的是像網紅說的那種ＱＱㄋㄟㄋㄟ好喝到咩噗茶，但杜宣拿的是軟軟長長噁心到崩潰酒。

回家後，杜宣病了，他覺得自己要死掉，不僅胸腹痛到哭出來，還妨礙正常的飲

食作息，醫生也拿這種狀況沒有辦法。
「醫生，起床就會肚子痛。」
「那你就不要起床啊！」（設計對白）
吃了藥，看了醫生，疼痛從沒消失。
大概病假請太久，引起長官關切，畢竟公司裡的職員身體健康倒是其次，待辦事項可是不能沒完成。杜宣忍不住吐露真相：
「你請我喝蛇，怎麼可以喝蛇蛇。」
長官滿臉問號，瞬間化身為東漢柯南，回到案發現場，希望查明事件的真相。
最後，長官發現北方牆壁上懸掛著紅色的弓，而當日杜宣所在的位置，弓影正巧倒映在杯子裡的酒上。
「謎題全都解開了！」
於是，長官重新擺設與當日相同的物件，要求杜宣看清楚杯子裡是不是還有蛇？不看還好，一看又害怕起來，杯子裡面再次浮現一條蛇影。杜宣心裡應該咒罵著長官，喝一次蛇酒就算了，結果還有第二次，差點要掏出口袋裡早已寫好的辭職信。
結果，如同柯南漫畫裡揭露犯人的最後時刻，長官鄭重說明：
「此壁上弩影耳，非有他怪。」

聽到如此解釋，心中那道被長官陷害喝蛇的無形枷鎖，也跟著一起灰飛煙滅，身體馬上恢復正常的狀態，杜宣的肚子再也不痛了。

疑心往往會誕生可怕的鬼魅，不僅折磨你的肉體，還會侵蝕你的靈魂，直到有一天你發現自己正是那個鬼魅之後，才有機會逃離痛苦的無限循環。但令人感到害怕的是，需要多少時間，才能知道原來鬼魅正是自己？

厭世NPC

只有瘋子和白癡，不害怕死神的鐮刀，沒有多餘的猜想，就沒有畏懼。

韓愈〈進學解〉

動輒得咎

釋義 形容人處境困難，極易受到責難。

厭釋義 放長假和媽媽一起在家的自己

觸發時機：怎麼辦才好

施展對象：做什麼都不對的人

施展效果：擔心 +10%

緊張 +10%

安心 -20%

技能警示：動輒得(救)

進階技能：▶▶ 跋前躓後、進退維谷

▶◀ 無往不利、直情徑行

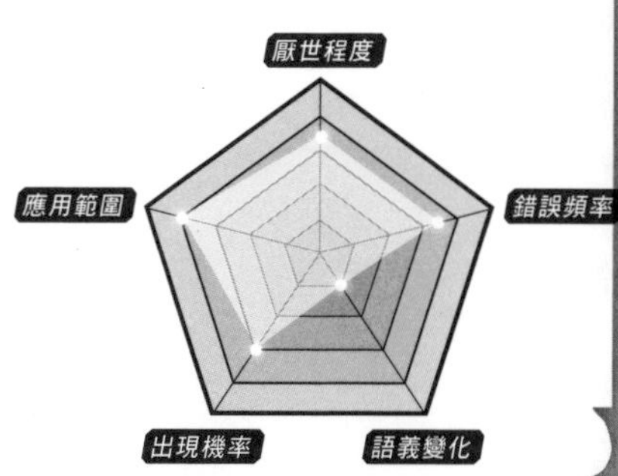

在唐代，通往韓愈文字與想法的大門很少人願意進入，即使敞開如宇宙般寬闊，但大家仍存有疑慮、誤解，以及嘲弄，總會在門外徘徊逡巡，忽視他誠懇熱情的召喚。

四十六歲的韓愈，正擔任國子博士，類似今日的國立大學系主任或院長，除了行政事務之外，也要負責授課，面對的學生大都是官員子弟。

或許是教學工作的繁雜，以及不受重視的感慨，韓愈心中大概想：

「廢物才來教書。」

覺得自己應該待在充滿權力與崇敬的殿堂裡，實踐政治的理想與抱負，而不是向一群傲慢無知的學生，做著像是溺水一樣掙扎的教學。

此時，韓愈尚無法預測被貶謫到潮州的未來，只是專注在內心的複雜情緒裡，忍不住寫下〈進學解〉一文，虛擬老師和學生之間的對話，抒發無處安放的哀怨。

〈進學解〉的開頭便是老師勉勵學生：

「業精於勤，荒於嬉；行成於思，毀於隨。」

知識和道德必須透過持續努力才能完成，若是以荒廢和隨便的態度對待學習，那

麼將會像是推倒好不容易向上堆疊的積木，破壞過往累積的習慣與經驗。

出乎意料地，這樣的提醒和二十一世紀的班級經營仍有很大部分的重複，教室布置常出現類似的標語。人的惰性，從來沒有改變；自己必須對抗的敵人，仍是自己。

為了驅使學生學習，韓愈文章中的老師畫出美麗的願景：

「只要讀書用功，以後就很輕鬆。」

這是一句危險的魔法，誘惑人們前往甜蜜的陷阱。的確，現在的一切行為正在影響未來的自己，但誰也無法保證努力與收穫能成正比，影響成功的因素太多，運氣也是其中關鍵的一項。

因此，學生吐嘈說：

「騙人啦！如果讀書有用，你應該會到更好的地方。」

高貴年輕的聲音，一方面肯定老師的知識與學養，另一方面卻否認讀書的價值，證據便是眼前懷才不遇的老師，他們再以平淡、精確的語言敘述老師的邊緣人生，非但沒被長官信任，還沒有朋友願意幫忙：

「跋前躓後，動輒得咎。」

跋是踩踏，躓是跌倒，意思是想往前走卻又會不小心被絆倒，一旦有什麼動作，便會遭受別人的批評，畢竟運氣不好的時候，連呼吸都討人厭，更別提自己的不幸連

累身邊的親人一起受苦。

「禿頭老廢物，擔心自己就好。」

藉著學生的嘴，韓愈說出進退兩難的困境，甚至有點懷疑人生努力的意義，回顧過去，那個認真學習的自己，並沒有得到相對應的成就，那又怎麼有立場教育學生，告訴他們學習必定是正確的道路。

最後，韓愈找到寬慰的方法：每一個人都有專屬的位置，沒有不夠努力的自己，只有不切實際的妄想，必須相信任何的安排，都是命運最好的安排。

厭世NPC

做什麼都不對，
那你應該先想清楚到底什麼才是對的。

伍、操控系

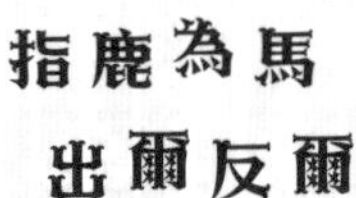

指鹿為馬
出爾反爾

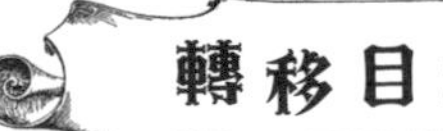

轉移目標術

三人成虎
子虛烏有

謊言欺詐術

滿城風雨
不脛而走
戶限為穿
司空見慣

操縱訊息術

勢不兩立
風馬牛不相及
脣亡齒寒

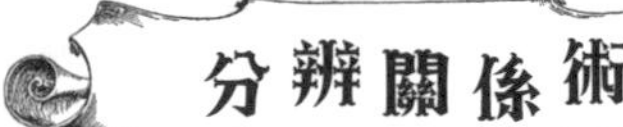

分辨關係術

司馬遷《史記》

指鹿為馬

操控系

釋義　比喻人刻意顛倒是非。

厭釋義　網友帶風向

觸發時機：睜著眼睛說瞎話

施展對象：背後操控的那一隻黑手

施展效果：誠實 -10%

輿論 +20%

技能警示：子路為馬

進階技能：▶◀ 循名責實

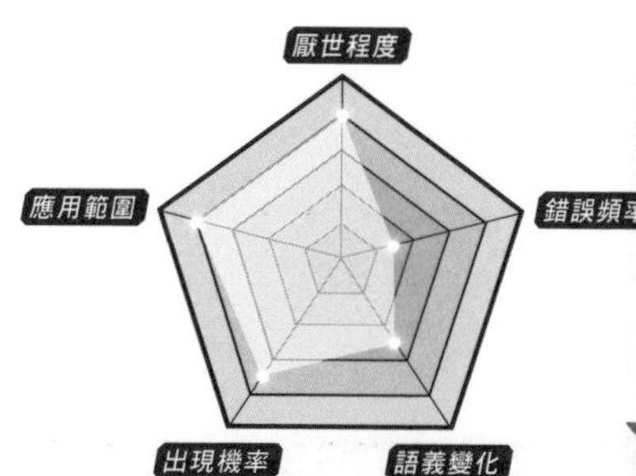

你願意相信的，是立場；你應該相信的，是事實。

秦，七月丙寅，始皇崩於沙丘平臺。趙高抓住幾次機會，趁勢接近與奪取國家中樞的權力。

第一次機會是李斯給的。始皇帝在外地暴斃，秦帝國根基未穩，丞相李斯判斷可能會導致各地叛亂或暴動，決定隱瞞始皇帝的死訊。

趙高知道此事後，決定拉攏與自己親近的皇子胡亥，畢竟在擔任中車府令時，曾經教他寫字和一些法律常識。

換句話說，能指導皇子的趙高不是什麼路人甲、乙，《史記》對他的形容是：

「彊力，通於獄法。」

大概像是一位有在練健身的法律系高材生，力氣大、智力高。這也難怪始皇帝賞識，不僅讓趙高擔任管理政府車隊的工作，順便當自己小孩的家庭教師，更曾經赦免其死罪。

這時，趙高決定協助胡亥成為下一位秦帝國的領導人，聯合李斯竄改原本屬意公

子扶蘇為太子的遺詔，殺死這位原本的國家繼承人：

「立子胡亥為太子。更為書賜公子扶蘇、蒙恬，數以罪，賜死。」

當謊言殺死真實之後，謊言會被誤認成真實。

甚至，相信謊言就是真實，而把真實當成謊言。

第二次機會是胡亥給的。胡亥信任趙高，制定法令，控制政府官員與人民。

胡亥依舊擔心有人意圖不軌，畢竟那一些秦朝大臣位高權重，還有自己兄弟也是試圖取而代之。趙高看準這樣的心理，提出自己的意見：

「賤者貴之，貧者富之，遠者近之。」

重用被輕視能力、被掠奪財富、被疏遠關係的人，不僅可以獲得一批忠誠度高的部屬，還能藉此剷除自己敵對的勢力。

「不相信秦二世的人，將來可以不要繼續做官。」

「支持其他公子獨立的，我不要你的幫忙。」

《史記》記載胡亥與趙高討論後的實際作為是：

「乃行誅大臣及諸公子。」

將不服從的大臣和自己兄弟殺光，製造罪名、遮掩消息、濫用權力、顛倒是非。貪圖權力的人，重複謊言；害怕暴力的人，屈服謊言。謊言再次成為事實。

第三次機會是眾人一起給的。趙高架空秦二世後，想要謀反，擔心群臣不聽從自己號令，決定策劃一次朝廷人性實驗。

趙高帶一隻鹿獻給秦二世：

「你看，這是馬。」

秦二世是無條件信任趙高，但沒蠢到分不清楚馬和鹿，笑著說：

「丞相誤邪？謂鹿為馬。」

這個時候趙高的官階是中丞相，李斯被腰斬後，國家權力算是已被囊括在他的手中。舉國上下，只剩秦二世有機會制衡趙高，而這又取決誰能獲得多數政府官員的支持。一隻鹿，決定秦朝未來。結果是：

「左右或默，或言馬以阿順趙高。或言鹿，高因陰中諸言鹿者以法。」

不是安靜沉默，就是服從權力，然後勇敢的人被殺死了。

世上再無事實，沉默和服從皆是共犯。

厭世NPC

控制言論的人控制了真相，控制情感的人控制了信仰。

孟軻
《孟子·梁惠王下》

出爾反爾

操控系

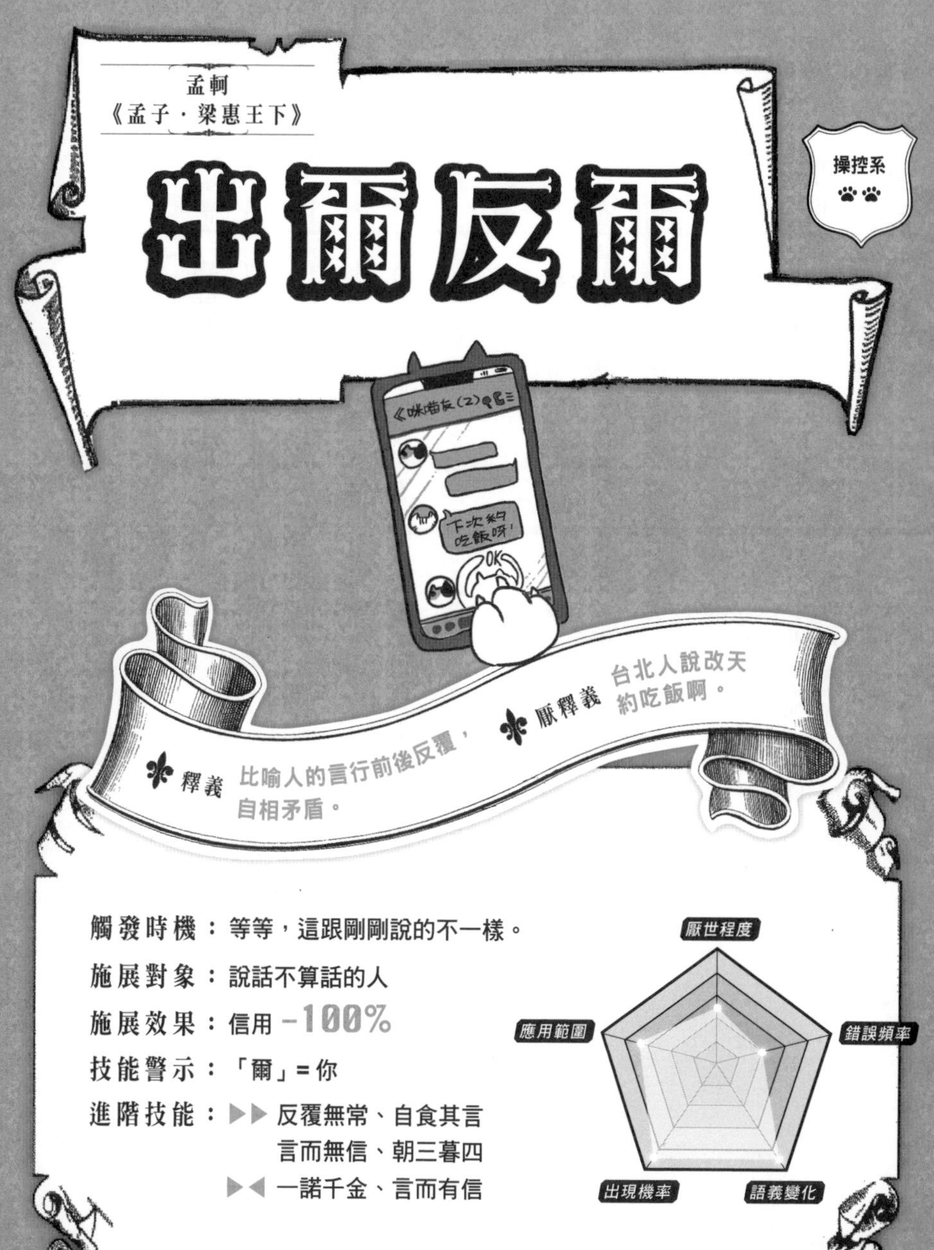

釋義 比喻人的言行前後反覆，自相矛盾。

厭釋義 台北人說改天約吃飯啊。

觸發時機：等等，這跟剛剛說的不一樣。

施展對象：說話不算話的人

施展效果：信用 -100%

技能警示：「爾」= 你

進階技能：▶▶ 反覆無常、自食其言
言而無信、朝三暮四
▶◀ 一諾千金、言而有信

對戰國時期的鄒穆公來說，最悲傷的時刻，是在於人民沒有把國家的榮譽當成重要的事情，如果用漫畫《進擊的巨人》的台詞來形容，便是沒有人願意奉獻出心臟，看見官員與士兵的死亡也依舊無動於衷。

鄒國與魯國之間的衝突中，在鄒穆公眼裡，重要的不是攸關勝利或失敗的結果，而是看不見忠誠與團結。國家保衛人民的安全與財產，那應該獲得同等的對待，怎麼可以在死了三十三位官員與士兵之後，卻還沒有感受到人民的憤怒與激情，依舊冷漠地在旁邊觀望戰爭？

「這是背叛！」

每一位悖離國家的人民，皆必須受到應有的懲罰，但鄒穆公知道無法完全給予全國人民警告，畢竟他們是國家存在的基礎，不可能獨自坐在王座之上而沒有人願意崇拜，不過這一口氣卻又忍不下去，必須找到一個發洩的管道。

於是，鄒穆公詢問孟子到底該怎麼做，才能維護國家的公平正義？

向來能言善辯的孟子，舉了前人曾子的話作為說明：

「出乎爾者，反乎爾者也。」

爾用以指稱你，整句的翻譯是：你怎麼對人，別人就怎麼對你。國家沒有受到人民應有的尊重，那是因為人民沒有得到相等的對待。

大概孟子已有實地踏查鄒國的狀況，指出政府官員忽視處在災難中的人民，沒有即時進行社會救助與經濟紓困，任由老人與病人死在水溝裡，仍有存活餘力的青壯年，不得已選擇離開貧困的家園。

「你都不知道吧？」

孟子不僅觀察社會現象，還試圖推理背後的真實，認為鄒穆公只看到虛假的表相，被「倉廩實，府庫充」的富裕狀況蒙蔽，而無法做出正確判斷，誤會人民的不忠誠是無情的背叛。

換句話說，鄒國政府官員正以假數字、假資料，巧妙地轉移了鄒穆公的注意力，製造出幻想的和平社會，讓真正該受到懲罰的人有機會躲藏在裡面。於是，孟子做出結論：

「是上慢而殘下也。」

濫用權力，才是傷害忠誠的兇手，人民只不過是如實地做出應有的回應，把過去國家對自己的傷害，用另外一種合適的形式報復：冷漠。

回到一開始鄒穆公的問題，到底應該怎麼懲罰人民的不忠誠？孟子覺得國家必須接受人民的行動，因為那些行動蘊含著人民的意志，正檢視著國家機器運作的正當性與合法性。

如此在意忠誠的美德，鄒穆公不會是一位邪惡的國君，只是忽略維繫國家與人民彼此信賴的制度，仍要依靠誠實的公務行政人員實行。孟子安慰他的失落與無奈：

「算了啦！」

做一位好人，永遠不嫌太晚；做一位好國君，現在開始還來得及。

你要人愛你，必須先愛人，但我們時常先愛自己，忘記在一段關係中，付出與回報是雙向的流動。

厭世NPC

謊言之樹的果實往往甜如蜜糖。

劉向《戰國策》

三人成虎

釋義　比喻謠言再三重複，亦能使人信以為真。

厭釋義　小心，有人會偷走你的腎。

觸發時機：謊言說一千次的時候

施展對象：社群媒體使用者

施展效果：造謠 +10%
迷惑 +20%

技能警示：三人（乘）虎

進階技能：▶▶ 以訛傳訛、眾口鑠金
積毀成山

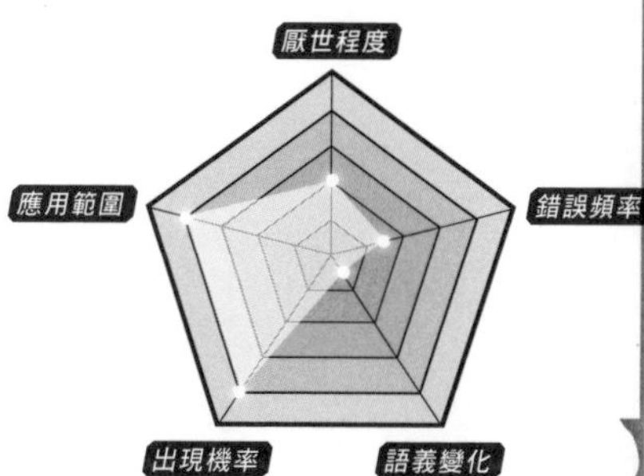

戰國時代標記傳統人類行為在爭執與合作之間的平衡點，為了取得彼此的信賴或友誼，會將自己珍愛的事物暫時寄放在對方那裡，若是其中一方出現破壞約定的舉動，隨時可以把這一件珍愛的事物作為威脅和反擊的工具。

「質子」即是這樣的存在，各國交換彼此的王子、世子作為人質，各自皆擁有瞬間傷害對方的權力，以此維持良好的互動關係。

魏國的龐葱與太子正以質子的身分，準備出發到趙國邯鄲，擔心自己的形象在離開後遭到抹黑，又無法即時更正澄清，於是問魏王：

「一個人說市場有老虎，你相信嗎？」

根據常識，老虎通常在荒野山林之間奔跑，而不是人潮洶湧的聚集處，魏王當然搖頭不信。

龐葱再問：

「兩個人說市場有老虎，你相信嗎？」

魏王的常識有些動搖，畢竟多一人宣稱在市場見到老虎，可信度似乎增加了不

少，而身為具備理性的人類，必須將老虎出現的意外性列入考慮裡，即使機率真的很低。不過魏王還是決定順應自己的常識，但他的頭開始搖得有些猶豫。

最後，龐葱問：

「三個人說市場有老虎，你相信嗎？」

儘管是陌生人的目擊老虎證言，但人數已達三位，這會產生一種錯覺，認為即使不是事實，但也會接近事實；不是老虎，也會是接近老虎的猛獸。

所以，魏王在這個時候點頭說：

「我會相信。」

龐葱聽到如此誠實的回答，立刻抓住機會分析問題的核心：

「夫市之無虎明矣，然而三人言而成虎。」

老虎不可能出現在市集，不管幾個人說有老虎，也是一樣不可能，客觀事實不應該被主觀認知否定。

謊言說一千次，就會成為真話，無法確認的謬誤，會被視為真理。

相同資訊的增加會影響理性的判斷，龐葱想要提出的具體問題是：假使沒有事實，只有解釋；甚至沒有解釋，只有感受，真實被語言文字一層一層地覆蓋，彷佛埋沒在泥塵裡的化石，應該如何挖掘與考證呢？

畢竟，從趙國到魏國的距離遙遠，一旦對於龐葱的批評日漸增加，必定動搖魏王的思考、衡量，以及情緒，或許龐葱想吶喊：

「不要從別人的嘴裡認識我。」

關於這樣的擔憂，魏王淡淡說了一句：

「我知道該怎麼做。」

然而，龐葱還沒離開太久的時間，關於他的謠言與毀謗已經傳遍，具體是什麼壞話不知道，但都足以在魏王的心中埋下懷疑的種子，等到魏太子結束質子的生活後，跟著返回魏國的龐葱已經無法重新獲得信賴與重視。

事實上，不管多少人說市場有老虎，你都應該自己到市場確認，用眼睛看，而不是光用耳朵聽。

厭世NPC

成年後最常說的謊言是：我沒事。

司馬遷《史記》

子虛烏有

釋義 比喻為假設而非實有的事物。

厭釋義 醒醒，你沒有妹妹。

觸發時機：一切都是幻覺

施展對象：欺騙自己與旁人的說謊者

施展效果：誇大 +10%

虛假 +10%

技能警示：子（需）烏有

進階技能：▶▶ 烏有子虛

▶◀ 千真萬確

厭世程度

錯誤頻率

語義變化

出現機率

應用範圍

如果批踢踢實業坊的唬爛版神人是二師兄，那麼西漢時期的唬爛版神人可能會是司馬相如，而且專用「賦」這種文體，以一種浮誇的長篇形式，吸引大眾的目光。

〈子虛賦〉即是司馬相如著名的唬爛大作，裡面提到子虛、烏有先生，以及亡是公等三位現實不存在的人物。

子虛是從楚國出差到齊國的政府官員，齊王或許是想宣揚國威，所以舉辦一場打獵活動，全部車馬士卒都到現場，並且邀請子虛一同出席，藉此展現自己國家的軍事力量。

參加完打獵的子虛拜訪烏有先生，剛好亡是公也在這裡，三人隨即展開一段有趣的對話。

先是烏有先生禮貌地問：

「今天開心嗎？」

子虛回答：

「開心。」

烏有先生以為子虛的好心情是打獵收穫頗豐的緣故，但子虛搖搖食指說：

「NONONONONONO，是我剛剛嘴砲一波齊王啦！」

烏有先生立刻要他說來聽聽。知道有現場聽眾，也不管旁邊默不作聲的亡是公想不想加入，子虛興奮地回憶當時的對話。

事情是這樣的，齊王向子虛炫耀今天軍隊多麼壯盛，他像是一個得到厲害玩具的小孩，拚命想告訴對方其中的驚人之處，然後問了一句：

「楚國也有嗎？」

彷彿觸動某條敏感的政治神經，覺得輸人不輸陣的子虛，決定開啟唬爛模式，打算壓過對方那股傲慢的氣焰，反正齊王沒有到過楚國，自然不會知道什麼雲夢澤或狩獵狀況，完全可以讓子虛自由發揮創造力與想像力，以輕盈的語言建構無比巨大的華麗國度。

子虛從雲夢澤開始說起，那明明是一個非常巨大的淡水湖，他故意說成是自己國家七個湖泊裡最小的一個，暗示之後任何令人感到震撼與不可思議的敘述，在自己國家不過排個第七名，那麼前三名又將會是多麼難以想像的存在。

為了描繪雲夢澤的景況，子虛一一列舉那裡的高級礦物、高級植物，以及高級動物，在這樣高級的空間裡，高級楚國人狩獵方式也很高級。

首先派出勇猛的戰士，他們能夠空手單挑白虎、黑豹、大象還有犀牛等猛獸，完全可以參加異種格鬥競賽，代表人類一方取得冠軍獎盃。

接著，全場的主角——楚王終於出現，他搭乘有高級旗幟的高級名車輾壓猛獸，舉起高級武器斬殺猛獸，這種特別撿拾輕鬆工作完成的行為，子虛卻講得氣勢驚人、威風凜凜。

不用承擔風險，永遠站在安全的地方，子虛重新定義「英雄」一詞。

這還不夠，帥氣的楚王展現英勇的姿態，怎麼可以沒有人看到，所以安排高級正妹幫忙加油。

「好強喔！」

「好帥喔！」

周圍出現此起彼落的尖叫聲，而楚王在一群又軟又香的女孩們包圍之下，繼續他的偉大狩獵。

剛剛是白天追捕走獸，現在則是夜間射殺飛禽，而殺戮的捕獵過程裡，必須搭配樂器與人聲，才能顯示壯闊與悲傷的氛圍，以某種詭譎的虔誠態度，表達對大自然的敬意。根本是殘酷版的《動物森友會》，只要是活著的非人型生物，楚王都要看到血、流、成、河！

最後，楚王優雅地吃著高級廚師準備的高級料理，這跟只會邊走邊吃的齊王完全不一樣。

一口氣說完，子虛露出我們就是這麼高級的驕傲神情：

「那時候的齊王默默無言，只能選擇離開。」

聽完神曲〈我難過〉故事的烏有先生覺得不開心：

「不管你嗑了什麼，都給我來一點。」

接著提出不同的意見，烏有先生認為齊國是熱情招待外賓，目的是讓遠道而來的子虛開心，而非刻意炫耀或比較。齊王詢問楚國的狩獵狀況，是想要瞭解楚國的文化風俗，子虛卻無知地分享奢侈的狩獵活動。烏有先生進一步做出分析：

「如果奢侈是事實，那是丟國家的臉；如果奢侈不是事實，是丟自己的臉。」

以上兩種狀況，不管何者是正確的理由，都將給子虛帶來兩個字：

「丟臉。」

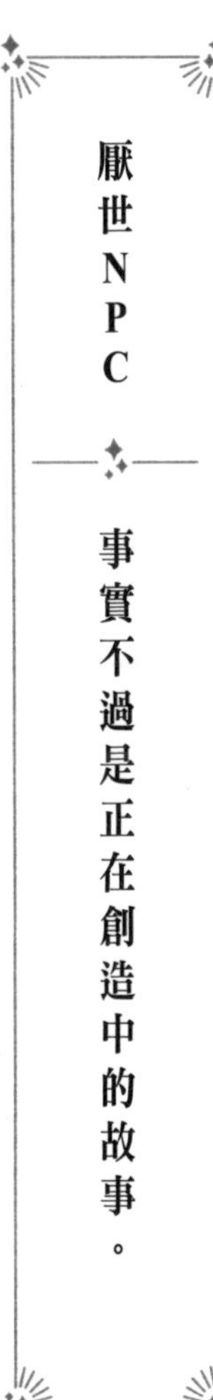

釋惠洪《冷齋夜話》

滿城風雨

操控系

釋義　指事情一經傳出，便流言四起，到處議論紛紛。

厭釋義　炎上事件

觸發時機：大家沒必要知道，但全知道了。

施展對象：獵奇或聳動的事件

施展效果：好奇 +20%

輿論 +20%

技能警示：亦可指到處都颳風下雨的景象

進階技能：▶▶ 議論紛紛

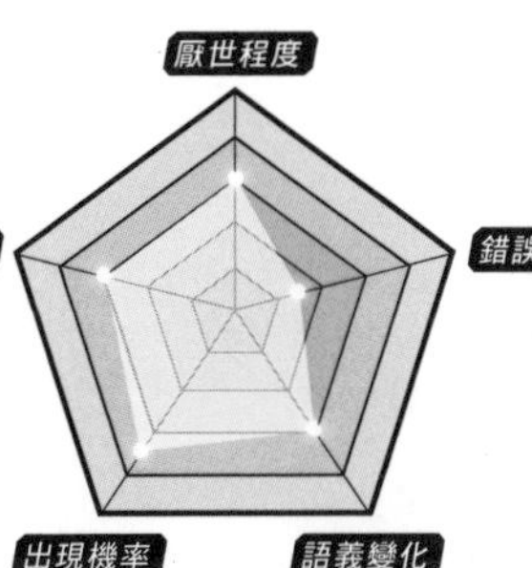

靈感對於寫作的影響，比想像的還要多，常覺得自己被困在文字迷宮的起點，遲遲無法跨出第一步，不管是因為害怕、謹慎，還是缺乏能力，沒有開始，就永遠無法體驗過程與抵達終點。

宋代潘大臨比較可憐，跨出第一步後，卻再也走不了二、三、四、五步，繼續待在那一座文字迷宮，花了再多的時間也逃不出來。

黃州，是潘大臨生活的地方，在高中學生的第一印象裡，會聯想到蘇軾貶謫至此而有〈赤壁賦〉這篇作品。

事實上，由於地緣關係，潘大臨與蘇軾頗有來往，在他前往京城考試的時候，蘇軾寫了闋詞相贈，內容有點半開玩笑地炫耀自己：

「三十年前，我是風流帥氣的男人。」

勉勵潘大臨要把握發光發熱的機會，才能像自己一樣認識很多正妹，成為眾人崇拜的對象。

這種說法，彷彿是以前師長的古板叮嚀：

「認真讀書，上了大學就可以交到男、女朋友囉！」

然後還加上一句「想當年」的老話，要學生跟隨自己曾經走過的路徑，卻沒想過準備賽跑的到底是兔子、烏龜，還是假裝跛腳的貓。

每位詩人腦袋裡都裝設一台「永動機」，總是日夜不停地運作，轉化日常生活的經驗，製造出一句又一句的詩歌。

潘大臨也有一台永動機，他喜歡寫詩、學詩，某次被朋友謝逸問到有沒有新作品，他的永動機竟出現故障，只有製造出一句詩：

「滿城風雨近重陽。」

原因是家裡太貧窮，好不容易等到靈感降臨，正開心地把這一句詩寫在牆壁上，卻被房東催繳租金的敲門聲打斷，那股寫作的興致與衝動瞬間瓦解，再也無法繼續下去了。

大概像是在公司好不容易有了便意，趕快跑到廁所要解放自己的時候，卻看到手機傳來長官要你回報進度的訊息，誰有心情繼續坐在馬桶上呢？

靈感像是上帝，在你需要祂的時候，永遠不會出現，當你準備放棄的時候，卻又無私地給予救贖。但是救贖沒有降臨在潘大臨身上，他始終沒有完成作品，因為此事還被周圍的人們嘲笑「迂闊」，意思是不切實際，但更像在說：

「這理由太扯了。」

然而，上帝的神跡應驗在別處，後來的人們十分讚賞此詩句，甚至覺得這七個字能抵得過三千首詩。

但我認為真正的救贖並不是受到肯定與歡迎，而是潘大臨死後，謝逸續寫此詩悼念亡友，留下了三首絕句，其中之一是這樣寫的：

「滿城風雨近重陽，無奈黃花惱意香。雪浪翻天迷赤壁，令人西望憶潘郎。」

又是重陽日，也是風雨天，讓他懷念起那個有點好笑、有點傻氣的好朋友。身軀已滅，靈魂永存文字之中，接續那一句詩，彷彿延長了短暫的生命。

厭世NPC

謠言止於智者，
但智者的存在本身就是一種謠言。

韓嬰《韓詩外傳》

不脛而走

釋義　比喻事物不用推廣，也能迅速傳播。

厭釋義　全班都知道你暗戀的人是誰

觸發時機：成功的行銷

施展對象：需要產品的人

施展效果：推播 +10%

速度 +20%

技能警示：不徑而走

進階技能：▶◀ 祕而不宣

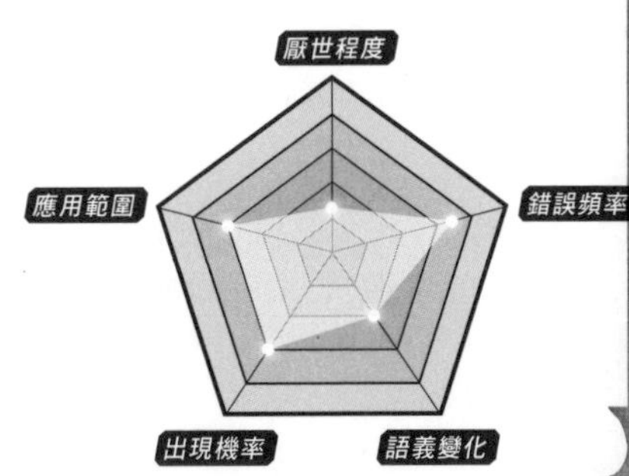

晉平公不過想假裝自己是一個邊緣人，藉著抱怨來取暖、討拍，以及刷一波存在感，結果反而迎來正義魔人不留情面的糾正。

事情是這樣的，那一天晉平公到河邊玩耍，或許是天氣清朗、風和日麗，加上沒有中華民國連假時的旅遊品質，正覺得心情十分舒爽時，卻發現自己身邊沒有朋友陪伴，氣氛瞬間凝結沉重。

「真想和菁英們一起玩耍。」

晉平公發出這樣的嘆息，大概認為優秀的人像是漫畫《JOJO的奇妙冒險》裡的替身使者，會彼此互相吸引，自己算是一個不錯的統治者，但身邊怎麼沒有出現有才華的人們呢？

旁邊一位名為盍胥的船夫聽到晉平公的自言自語，主動接話回答：

「你根本不愛菁英，菁英也不愛你。」

這句話雖然是跪著說出來的，態度看起來恭敬乖順，但內容卻像是對晉平公投出一顆快速直球，毫不留情地擊中要害。

面對這樣的批評，一般人應該會感到不高興，自己不過是隨口說幾句心情，這和旁人沒有任何關係。

晉平公倒是不在意，反而靜靜地聽完，畢竟他講錯話被指正也不是第一次了，之前喝醉酒的時候，不小心驕傲地說：

「當君王有夠爽，沒人敢不聽我的話。」

話聲剛落，一張琴立刻朝晉平公身旁飛去，幸好他反應夠快，及時閃躲這件大型暗器。

原來是樂師曠以此作為勸諫（物理）的方式，希望晉平公不要過於自滿，而忘了身為國君應盡的責任與義務。

那時，晉平公笑笑說算了，現在也是如此。

船夫盍胥繼續解釋沒人愛晉平公的理由：

「夫珠出於江海，玉出於崑山，無足而至者，猶主君之好也。」

美麗的珍珠和寶玉，分別來自遙遠的大海與高山，假使沒有雙腿的東西都能來了，有雙腿的人類豈有不來的道理。

如果夠喜歡，就會努力完成目標，無法完成的目標，一定是不夠喜歡。

晉平公不同意船夫盍胥的評論，嘗試反駁：

「你才沒人愛，你全家都沒人愛。」

強調自己提供優渥的待遇，並且投入很多資源在尋找與培育合適的對象，目前已經儲備許多的人力，只不過目前還未達到期待的標準。

人多有用嗎？船夫盍胥以鴻鵠為例，分析鳥類是憑藉雙翅而飛翔，而不是背部與腹部的絨毛，這些絨毛數量的多寡，沒有任何實質的意義。

菁英如翅膀，廢物似絨毛，想要翱翔天際，翅膀一雙已經足夠，絨毛再豐厚也是無濟於事，船夫盍胥要晉平公看看自己身後：

「你有翅膀，還是絨毛？」

厭世NPC

以前你要找到訊息，現在訊息會主動找上你。

李綽《尚書故實》

戶限為穿

操控系

釋義 形容來訪人數眾多。

厭釋義 連續假日的觀光景點

觸發時機：人爆炸多

施展對象：人爆炸多

施展效果：人數＋∞

技能警示：互限為穿

進階技能：▶▶ 車水馬龍、萬人空巷

▶◀ 門可羅雀

無數次的練習，換來的是名聲、成就，還有家裡那一道被踩壞的門檻。

南朝的智永禪師虔誠修習佛法與書法多年，應該已經可以平靜淡然地面對眼前荒謬的景象：破爛的門檻與瘋狂的人群。

智永禪師，本名王法極，是東晉書法名家AKA高級天龍人王羲之的七世孫，王羲之第五子王徽之的後代。

與那些傲慢驕縱的祖先們不同，智永禪師不會晾起肚子躺在床上，或是在大雪紛飛的夜晚不睡覺跑去找朋友，反倒只繼承瑯琊王家難得良好的藝術基因，反覆鑽研與練習書法。

為了把字寫到爐火純青，智永禪師待在寺廟裡很長很長的一段時間，無比專注地投入在墨色的世界裡，彷彿無垠宇宙只有自己與書法的對峙，必須等到其中一方戰勝才能回到真實人生。

書法魂爆發的智永禪師，寫壞不少毛筆，經年累月地收集這些不堪使用的筆頭，必須要十個大甕才能裝滿，沒人知道到底要練習多少次，才能弄壞一支毛筆；當然也

不知道弄壞成千上萬的毛筆，需要耗費多少時間。

後來，當智永禪師掩埋這堆積如山的破損筆頭，而不是任意地將其棄置在荒野之中，大概心裡想著：

「謝謝你們的陪伴與幫忙。」

如同一場沒有死亡的葬禮，棺材裡裝載的是筆與青春。

智永禪師稱此處為「退筆冢」，意思是埋葬禿筆的墳墓，他甚至寫下了墓誌銘，完全是把筆視作人來對待。

然而，智永禪師的勤奮努力，竟讓家裡的門檻就這樣被踩壞了。

因為太多人想要如此氣韻靈動、美麗清健的墨字，雖然我總懷疑這些瘋狂粉絲是真正理解藝術的價值，還是只看見金錢的價值；是要為自己的生活增添風雅，還是替自己的皮夾塞滿鈔票。

總之，家裡的門檻破了大洞，也不能就這樣放手不理，但好不容易修補完成，卻又馬上被踩壞，根據《尚書故實》的描述：

「所居戶限為之穿穴，乃用鐵葉裹之，人謂為鐵門限。」

戶限即是門檻，既然復原的速度趕不上踏壞的頻率，乾脆用鐵皮包裹住門檻，這樣就可以抵擋那兇猛且洶湧的人潮，繼續維持家裡建築的健全狀態。

畢竟，如果不這樣做，在沒有做好人群流量管理的準備下，未來可能先是門檻被踩壞，再來會是門板、傢俱、擺設，以及存在於空間內的任何物件，最後整間房屋莫名其妙地被瘋狂粉絲「就地都更」。一旦出現如此誇張的狀況，智永禪師大概會想把自己也埋進「退筆冢」裡吧！

厭世NPC

跟著人群走，你只會看見相同的風景，一點驚喜也沒有。

孟棨《本事詩・情感》

司空見慣

操控系

釋義 比喻經常看到，不足為奇。

厭釋義 電影萬年老梗劇情

觸發時機：看膩了

施展對象：出現太多次的人事物

施展效果：傲慢 +10%
驚奇 -20%

技能警示：司空見貫

進階技能：▶▶ 不足為奇、習以為常、屢見不鮮
▶◀ 少見多怪、見所未見

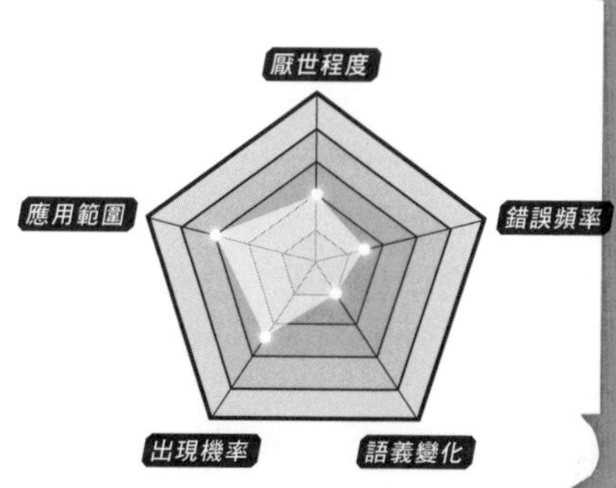

這是劉禹錫到和州的原因：參與政治革新的八位失敗者必須被放逐到世界的邊緣。其他七位光是名字就可以刊載在歷史課本的一頁——韋執誼、韓泰、陳諫、柳宗元、韓曄、凌准、程異，但沒有一位可以跟劉禹錫的自信傲慢相提並論。

本來，劉禹錫可以提前結束顛沛流離的日子，但卻在奉召回京的時候，寫了一首詩諷刺執政者，其中有句：

「玄都觀裏桃千樹，盡是劉郎去後栽。」

以桃樹比喻當紅的政治人物，若不是自己離開京城，他們怎麼會有機會上位，完全是一副C位出道的明星口吻，當然不敵是小咖通告藝人的政治現實，於是又被貶到連州、夔州，最後則是和州。

終於，劉禹錫結束和州的貶謫生活，平時專研佛法且與僧人來往的他，在回到洛陽的沿路上，還順便參拜、遊玩從前王朝遺留下來的佛寺：

「官閑不計程，遍上南朝寺。」

或許，長年在佛學的薰染，劉禹錫在入世的掙扎與出世的平靜之間，選擇了後者

作為心的棲息之處，拋離一切的煩惱、欲望，以及痛苦磨難。

很多人聽說劉禹錫再回到洛陽，都期待見到這位從深淵爬出來的男人，大概是想知道他到底有沒有改變，如果有不同，那是更好，還是更糟？

據《本事詩》一書記載，當時有一位李司空仰慕劉禹錫名聲已久，身為腦粉自然想見到偶像一面，於是邀請他到自己家中吃飯。按照唐代的官職制度，「司空」為工部尚書的雅稱，即掌管國家各項工程、水利、建設的長官。

有人認為這裡的李司空是李紳，就是那位曾寫「誰知盤中飧，粒粒皆辛苦」詩句的詩人，但考證他與劉禹錫兩人那時的地緣、官職、經歷等關係，並無見面的可能性，應該是後人穿鑿附會的結果。八卦故事需要的是話題性，而不是真實性。

總之，劉禹錫抵達宴會現場，發現自己被貧窮限制了想像，高級政府官員的生活，根本是夢幻奢華派對，不僅有千萬裝潢、特製料理、嚴選美酒、名模等級的服務生，還有悅耳動人的歌唱節目。

劉禹錫曾經追逐的頂點、嚮往的樂園，不過是李司空生活的一小部分：

「司空見慣渾閒事，斷盡江南刺史腸。」

他忍不住以詩抒發感慨，即使曾經閱讀佛經、修習佛學，仍無法抵擋世俗的誘惑，勾引出內心的欲望：

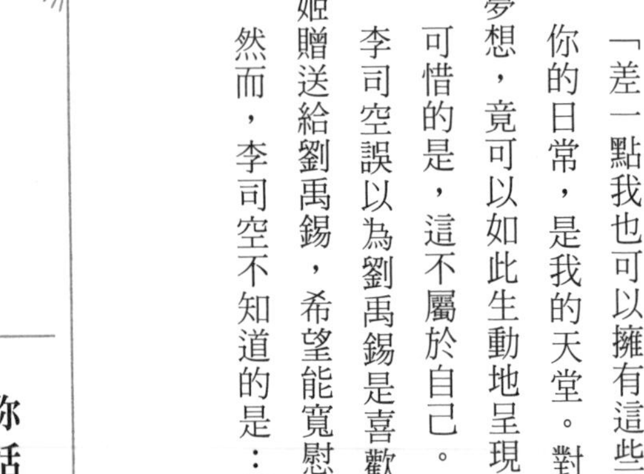

「差一點我也可以擁有這些。」

你的日常，是我的天堂。對劉禹錫來說，這不僅是一次宴會，更是表示遙不可及的夢想，竟可以如此生動地呈現在面前。

可惜的是，這不屬於自己。

李司空誤以為劉禹錫是喜歡其中一位美麗的歌姬，才顯露哀傷與悲悽，大方地將歌姬贈送給劉禹錫，希望能寬慰對方難過的心情。

然而，李司空不知道的是：劉禹錫喜歡的只有自己，也只會為自己哭泣。

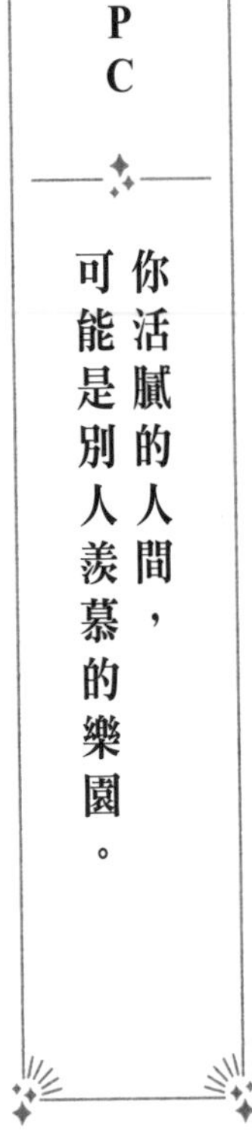

劉向《戰國策》

勢不兩立

操控系

🐾🐾🐾🐾

釋義　比喻敵對的雙方不能同時並存。

厭釋義　我與香菜

觸發時機：劃清界線

施展對象：討厭的人

施展效果：怒氣 MAX
仇恨 MAX

技能警示：誓不兩立

進階技能：▶▶ 水火不容、不共戴天
你死我活、誓不兩立
勢如水火
▶◀ 水乳交融、脣齒相依、親密無間

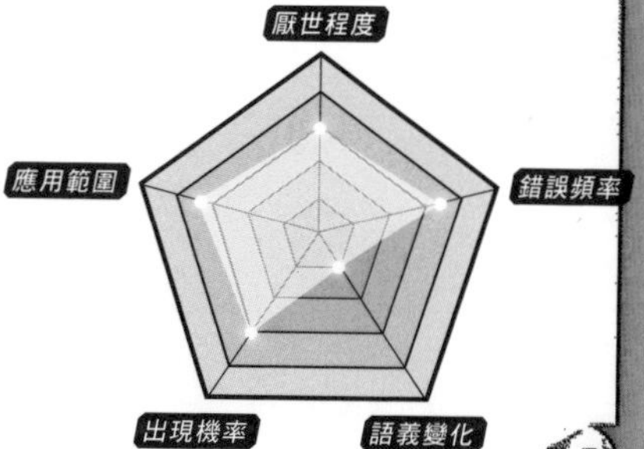

厭世程度
錯誤頻率
語義變化
出現機率
應用範圍

那位王來自戰國時代的楚國，是一個相當強大的南方勢力。根據蘇秦的說法，這裡不僅土地廣大、戰士眾多、戰車和戰馬亦是數量驚人，完全擁有稱霸天下的資源與力量。

此時，蘇秦從趙國來到楚國，目的是要實踐「合縱」的計畫，想要說服楚國的王加入聯盟，大概像是電影《復仇者聯盟》的神盾局局長一樣，為了抵擋強大的敵人，必須四處尋找與邀請志同道合的夥伴，集合眾人的力量，才有機會獲得勝利。

不過，正如復仇者聯盟裡，每個人的性格不同；戰國的合縱聯盟也有相似的狀況，國家的立場時常搖擺變動，蘇秦必須維繫彼此本來不太穩固的關係，共同對抗西方的虎狼之師——秦國。

為了讓楚王答應邀請，蘇秦不僅給予對方充沛的信心，更分析目前的敵我狀態、戰術運用，以及預測未來發展的局勢：

「楚強則秦弱，楚弱則秦強，此其勢不兩立。」

楚與秦二國正在進行一場零和遊戲，其中一方損失，另外一方必有所得，甚至彼

此永遠無法有合作的可能性，殘酷的拉鋸會持續到出現唯一的勝利者為止。

一般而言，六國會選擇彼此合作，同時也有傾向秦國的狀況，以確保在政治與戰爭的角力裡，能夠取得喘息的空間。而蘇秦的說服策略，是截斷楚王的可能選擇，只留下一條通往對抗秦國的道路。

最後，蘇秦取得意料之中的答案，楚王放棄單打獨鬥的想法，決定加入合縱聯盟，準備打倒宛如薩諾斯般存在的秦國。

秦國沒有無限寶石，彈指不能消滅一半的人口，但有張儀的舌頭，倒是可以化解六國一半的力量。

身為魏國人的張儀，在最失意的時候，仍然相信著自己的舌頭，只要它還在嘴裡，必定有飛黃騰達的希望，他後來受到秦國重用，以「連橫」之計破壞六國的聯盟，就是憑恃著那一根無敵的舌頭。

不管是甚麼原因，張儀面對的楚王已經不是蘇秦曾經說服的那一位，但他依舊說出似曾相識的話：

「凡天下強國，非秦而楚，非楚而秦。兩國敵侔交爭，其勢不兩立。」

認為楚王要與猛虎做朋友，而不是當羊群的領袖，如果猛虎危險，那麼依靠隨時會被吃掉的羊群，反而更加危險。甚至，楚國和秦國一樣，都是有能力吞噬萬物的巨

獸，不如合作消滅鄰近國家，各自向外拓展疆域，比那些無用、無能的聯盟來得更有效率。

為了讓楚王放心，張儀還提出彼此交換人質的條件，以及獻出土地作為齋戒沐浴的地方，展現十足的誠意。

於是，這位楚王收拾好尚未蓬勃的野心，間接承認自己的年幼無知，不懂國家的治理，也忽略世界的局勢變動，決定聽從張儀的建議，獻出高級的昂貴禮品，成為秦國的夥伴。

沒注意到的是：這裡寫成夥伴，讀作笨蛋。

厭世NPC

全球七十多億人口，何必勉強自己和討厭鬼當朋友。

左丘明《左傳》

風馬牛不相及

操控系

✤ 釋義 比喻事物之間彼此毫不相干。

✤ 厭釋義 泡麵的封面與內容物

觸發時機：這完全是兩件事

施展對象：喜歡把兩件事硬扯在一起的人

施展效果：親密 -10%

劃清界線 +20%

技能警示：「風」= 動物發情

進階技能：▶◀ 休戚相關、息息相關

密不可分

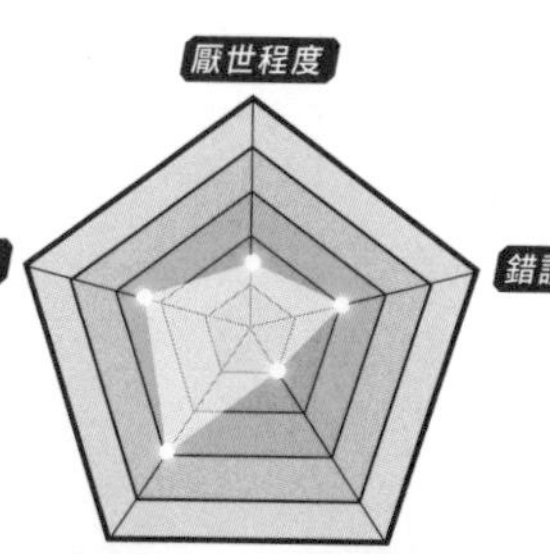

或許春秋沒有一場戰爭比這次的戰爭還要更與政治無關，反而與情感糾紛更相關，彷彿是在電視播放的《藍色蜘蛛網》或《玫瑰瞳鈴眼》等類戲劇。這場戰爭中最大的問題就是齊桓公與蔡姬。

蔡姬來自蔡國，按道理是以締結婚約作為外交手段，藉此維繫蔡國與齊國之間的關係，但可能蔡姬年紀尚輕，還保有調皮愛玩的個性，某次與齊桓公在水上泛舟遊玩，想要捉弄齊桓公，故意像個白目小屁孩搖晃船隻。

「啊啊啊啊！會怕。」

齊桓公發出幾聲慘叫，依舊沒有成功阻止蔡姬的嬉鬧，後來生氣地把她趕回娘家——蔡國。

蔡國國君不知道哪來的勇氣，大概是梁靜茹給他的，忘記自己不過是個鼻屎大的國家，竟敢以怨報怨，再把蔡姬嫁到別的國家。

如此舉動引爆齊桓公的怒火，率領八國聯軍（真的有八個國家）要給蔡國一點顏色瞧瞧，讓他們知道自己不是好惹的角色。

夫妻吵架演變成國際糾紛，可能齊桓公剛開始也想像不到會有這樣的局勢。另外一位覺得驚訝的是楚成王，他本來好好在楚國當國君，卻像是父母吵架而被掃到颱風尾的小孩，發現八國聯軍竟然順便攻打楚國。

楚成王一邊抱怨倒楣，一邊派使者向齊國表示：

「君處北海，寡人處南海，唯是風馬牛不相及也。」

風乃動物發情之意，如果用數學方式表達則是：風（馬牛）。發情的馬與牛無論如何也不可能交配，畢竟是兩種不同的哺乳類動物，用此比喻秦與楚兩國之間的關係，始終保持著安全的「外交」距離。

就像霸凌同學的孩子一樣，永遠不會缺少欺負弱小的藉口，齊桓公的核心幕僚管仲強橫回應：

「你們不尊重周王室，還涉嫌殺害周昭王。」

無論周王室如何衰弱，各諸侯國還是要維持相當程度的禮貌或敷衍，楚成王只得吞下不尊重周王室這個悶虧，即使其他人未必比自己好到哪裡去，但周昭王之死可就有點冤枉的成分。

當時，周昭王向南征伐而不小心落水溺死，一直是懸而未解之謎，有人猜測是遭遇偷襲，也有人認為是被當地人殺害，漫畫裡的名偵探柯南或許可以找到唯一的真

相，但可想而知的是，沒有人會笨到承認自己是兇手。

「問我幹嘛？去問河邊的人啊！」

楚成王的使者連忙撇清相關責任，仍不足以還原事情真相，也無法抵擋八國聯軍的進攻。

不得已，楚國再派大夫屈完進行談判。這次取得很好的結果。大概是齊桓公發洩完憤怒，終於恢復該有的理智，也可能衡量敵我實力之後，認為繼續處於和平的狀態，相對有利於自己的國家：

「我們繼續做朋友好嗎？」

在戰場，一切都是如此複雜與詭譎多變，除了勝負輸贏之外，或許還有維持現狀的那個選項。

厭世NPC

每一個事件都是獨立的、互不干涉的，這代表過往的類似經驗，只有參考的價值，未必能完全應用於其中。

左丘明《左傳》
唇亡齒寒
操控系
釋義 比喻關係密切，利害相關。
厭釋義 我與貓
觸發時機：你完蛋，我也完蛋。
施展對象：面臨風險的命運共同體
施展效果：親密 +10% 疏離 -10%
技能警示：脣亡 恥 寒
進階技能：▶▶ 休戚相關、脣齒相依
覆巢之下無完卵
▶◀ 風馬牛不相及、風馬不接
齒亡舌存
厭世程度
錯誤頻率
語義變化
出現機率
應用範圍

人生有三件有借無還的事情：借我過一下、借我一張衛生紙，以及借我吃一口。

晉獻公逼死大兒子申生，又迫使另外兩位兒子重耳與夷吾逃離在外，暫時處理完家務事後，他計畫拓展自己的事業版圖，目標是攻打「虢國」。

但在派遣軍隊之前，必須先跟「虞國」借過一下。

虞和虢兩個國家彼此相鄰，而晉國需要穿越虞國才能抵達虢國。

約在兩年前，晉獻公已經做過類似的事情，以等同於高級跑車的良馬與美麗的玉石作為交換，讓虞國國君願意借路讓晉國軍隊通過。

晉獻公剛開始還有點捨不得：

「我的寶物怎麼可以給別人啦！」

然而，晉國大夫荀息強調這只不過是暫時的狀況，就好像把寶物放在外面的儲藏室一樣，背後的意思是：

「虞國的東西，最後還是我的東西。」

晉獻公不是笨蛋，知道虞國雖小，但仍有抵抗的實力，甚至有腦袋清楚的宮之奇

在那裡，豈能確知未來真如自己的設想？

荀息分析道：

「不用擔心宮之奇啦！沒人理他，他就會自己放棄了。」

事實證明，虞國國君沒有理會宮之奇的反對意見，執意借路給晉國軍隊通過，進而讓晉獻公順利消滅虢國的一邑。

現在，晉獻公又故技重施，虞國的宮之奇強烈地表達內心的擔憂：

「諺所謂輔車相依，脣亡齒寒者，其虞虢之謂也。」

認為虢國是虞國的屏障，假使失去這一層的防衛，那麼自己的國家將會處在極度危險的狀況裡，就好像失去嘴唇的牙齒一樣，只能獨自承受寒風的侵襲。

虞國國君沒有聽進宮之奇的想法，反倒是有點怪責說：

「你不懂同宗的情義。」

宮之奇冷冷回應：

「你不懂晉獻公。」

於是，帶領自己的家族離開虞國，並且留下一句預言：

「虞國不能舉行臘祭了。」

臘祭是古代在冬至之後的一次祭祀活動，宮之奇意思是在說虞國撐不到年終了，

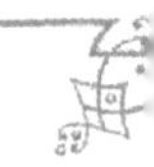

很快會步上虢國的後塵，甚至晉獻公還不需要出兵第二次，僅靠這一次的「借過一下」，就能夠幾乎同時取得兩場重大的勝利：滅虢、滅虞。

冬，十二月，晉國順利讓虢國從世界的地圖裡消失。晉國軍隊回程的時候，順便偷襲虞國，抓住虞國國君和大夫井伯，並且讓他們成為晉獻公女兒出嫁的奴隸，一路跟隨到秦國。

虞國國君後來怎麼了，沒人知道；但井伯的故事還沒結束，他竟然以奴隸的身分，成為秦國國君的輔佐重臣，人們稱其為：「五羖大夫」。

厭世NPC

貓和棉被，是世界上最溫暖的存在。

國家圖書館出版品預行編目資料

戰鬥吧！成語：歡迎登入厭世國文伺服器／
厭世國文老師 著
－初版 . -- 臺北市：三采文化，2022.1
面： 公分 .（iThink 11）
ISBN：978-957-658-725-2（平裝）

1. 文學研究 2. 成語 3. 華文文學研究

802.183　　110020921

I Think 11

戰鬥吧！成語：

歡迎登入厭世國文伺服器

作者｜厭世國文老師　插畫｜阿瑞 rayliugogo
責任編輯｜戴傳欣　美術主編｜藍秀婷
封面設計｜高郁雯　內頁設計｜高郁雯　內頁排版｜陳佩君
行銷經理｜張育珊　行銷企劃｜呂秝萓　校對｜王尹伶、陳柏洋

發行人｜張輝明　總編輯｜曾雅青　發行所｜三采文化股份有限公司
地址｜台北市內湖區瑞光路 513 巷 33 號 8 樓
傳訊｜TEL:8797-1234　FAX:8797-1688　網址｜www.suncolor.com.tw
郵政劃撥｜帳號：14319060　戶名：三采文化股份有限公司
初版發行｜2022 年 1 月 28 日　定價｜NT$360
3 刷｜2023 年 9 月 25 日

suncolor

suncolor